변신

세계문학산책 41
변신

지은이 **프란츠 카프카**
옮긴이 **붉은여우**
펴낸이 **안용백**
펴낸곳 **(주)넥서스**

초판 1쇄 인쇄 2013년 6월 5일
초판 1쇄 발행 2013년 6월 15일

출판신고 1992년 4월 3일 제311-2002-2호
121-840 서울시 마포구 서교동 394-2
Tel (02)330-5500 Fax (02)330-5555

ISBN   978-89-6790-159-2   04800

www.nexusbook.com
지식의숲은 (주)넥서스의 인문교양 브랜드입니다.

세계문학산책 41

프란츠 카프카
변신

붉은여우 옮김 | 김욱동 해설

지식의숲

차 례

어느 날 아침 그레고르 잠자는 불길한 꿈에서 깨어난 뒤, 자신이 끔찍한 벌레 한 마리로 변해 있는 것을 침대 속에서 발견했다. 그의 등은 매우 딱딱한 갑피로 덮여 있었고, 아래로는 활처럼 불룩한 거북 등 무늬의 배가 보였다. 불룩한 배 위에는 이불이 간신히 덮여 있었는데, 곧 미끄러져 내릴 것처럼 위태로워 보였다.

하루아침에 벌레로 변한 그는 기가 막혔다. 굵직한 두 다리가 있던 자리에 가느다란 다리 여러 개가 아주 초라한 모습으로 그의 눈앞에서 버둥거리고 있었으니 말이다.

'도대체 나한테 무슨 일이 일어난 거지?'

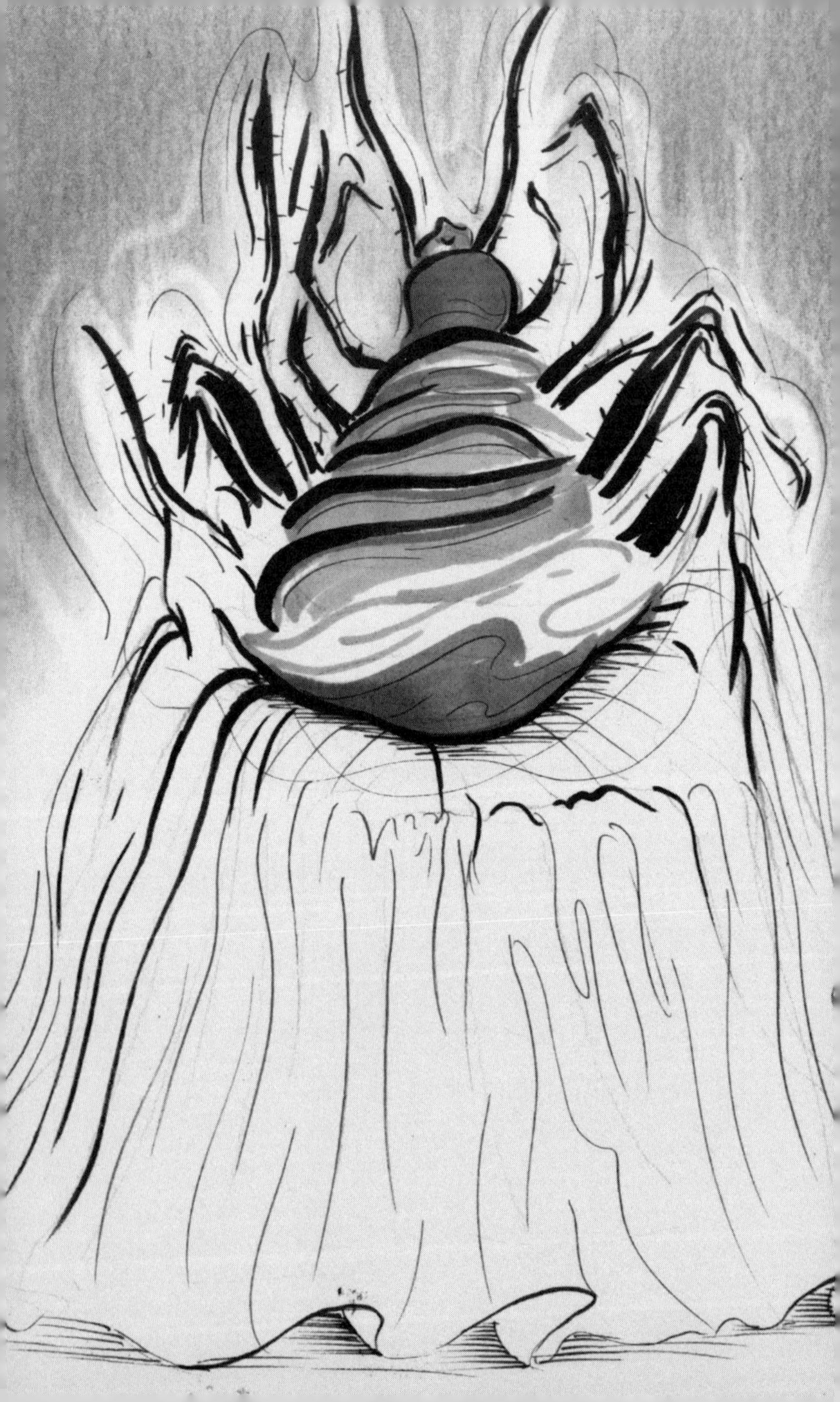

그는 어찌 된 영문인지를 몰라 골똘히 생각에 잠겼다. 하지만 이건 정말 꿈이 아니었다.

그의 방은 좀 비좁은 듯했지만, 그에게 익숙한 벽으로 사방이 둘러싸여 있었다.

책상 위에는 따로따로 묶은 옷감 견본이 흩어져 있었고 — 잠자는 외판원이었다 — 책상 위의 벽에는 번쩍거리는 금색 액자가 걸려 있었다. 그 액자 속에는 어느 잡지 화보에서 오려낸 예쁜 여자의 사진이 들어 있었는데, 털모자와 털목도리로 잔뜩 멋을 부린 여자가 꼿꼿이 앉은 채로 두 팔을 덮고 있는 털토시를 보는 사람의 눈앞에 쳐들어 보이고 있었다.

그레고르는 창문 쪽으로 시선을 던졌다. 회색빛을 띤 하늘은 왠지 음산해 보였다. 창밖에서 빗방울이 떨어지는 소리가 들렸다. 게다가 날씨마저 가라앉아서 기분까지 한껏 우울해지는 듯했다.

'잠을 좀 더 자고 나면, 그동안에 쓸데없는 생각들이 모두 사라지지 않을까?'

그러나 그것은 행동으로 옮기기 어려운 일이었다. 왜냐하면 그는 늘 오른쪽으로 누워 자는 버릇이 있는데, 지금 상황으로는 그런 자세로 눕는다는 것이 거의 불가능했기 때문이다.

아무리 애를 써서 오른쪽으로 누우려 해도 마음대로 움직여

지지가 않았고, 이내 벌렁 나자빠진 자세로 되돌아오곤 했다.

오른쪽으로 누우려는 시도를 아마도 백 번은 더 했을 것이다. 그러는 동안 그는 이상한 모습으로 허우적거리는 발들을 보지 않으려고 눈을 감았다. 그리 심하지는 않지만, 옆구리에 이제까지 느끼지 못했던 통증까지 느껴져서 오른쪽으로 누우려는 시도를 그만둬 버렸다.

'제기랄! 어쩌다가 나는 이렇게 힘든 직업을 선택했을까?'

외무 사원인 그는 날마다 출장을 다녀야 했다. 그러다 보니 정신적인 스트레스가 이만저만 아니었다. 게다가 여행을 떠나게 되면 늘 열차 시간이나 사고 위험에 신경 써야 하는 것은 물론이고, 불규칙하고 질이 낮은 식사며 낯선 사람들과의 피상적인 만남으로 항상 긴장해야만 했다.

'정말 지긋지긋해! 빌어먹을 것, 될 대로 되라지.'

그는 배 위가 약간 간지럽게 느껴져서, 머리를 좀 더 쳐들 수 있도록 드러누운 채 등허리를 침대 가장자리 쪽으로 밀어 올렸다. 드디어 가려운 곳을 알아냈는데, 그곳에 자그마한 흰 점이 잔뜩 박혀 있는 것이 보였다. 그래서 그는 한쪽 다리로 그곳을 만져 보려다가 이내 그 다리를 움츠리고 말았다. 다리를 만지려고 하는 순간, 전신에 차가운 소름이 쫙 끼쳤기 때문이다.

그레고르는 조금 전의 자세로 다시 벌렁 나자빠지면서, 잠을 좀 더 자야겠다고 마음먹었다.

'매일 아침마다 이렇게 일찍 일어나야 된다는 건 진짜 고역이야. 사람은 무엇보다도 잠을 충분히 자야 되거든. 다른 외무 사원들은 마치 출입이 금지된 이슬람계 규방의 여자들처럼 편하게 살고 있지 않은가. 내가 주문 받은 것을 기입해 두려고 오전 중에 여관으로 돌아가면, 그들은 그때야 일어나서 아침을 먹는 일이 많았거든. 아마도 내가 그들처럼 행동했다가는 사장한테 미움을 받아 당장 쫓겨나고 말 거야. 하지만 그렇게 하는 것이 나에게 도움이 되는지 누가 알겠어. 내가 지금껏 부모님을 위해 꾹 참아 왔지만, 만약 부모님이 계시지 않았다면 사장한테 사표를 내밀면서 그동안 가슴속에 쌓아 두었던 말을 모두 털어놓았을 거야. 그러면 분명히 책상 위에 앉아 있던 사장이 놀라서 뒤로 나자빠질 텐데……. 아무리 생각해 봐도, 책상 위에 올라앉아 사원들을 눈 아래로 내려다보면서 얘기하는 것은 괴상한 버릇임에 틀림없어. 게다가 귀가 어두운 사장을 위해 가까이 다가가서 고래고래 소리 지르는 것도 진절머리가 나고 말이야. 그래도 희망이 완전히 없어진 것은 아니야. 내가 돈을 모아서 부모님의 빚을 전부 다 갚으려면 5~6년은 더 걸리겠지만, 그래도 나는 그 일을 기어코 해내고 말 거야. 그것은 내 인생에 있어서 하나의 큰 전환점이 될 테니까. 그렇게 되면 난 사장과 관계를

끊을 수 있을 거야. 그러나저러나 열차가 5시에 떠나는데, 얼른 일어나야겠다.'

그레고르는 옷장 위에서 째깍거리고 있는 시계를 쳐다보며 외쳤다.

"하느님 맙소사!"

벌써 6시 반이 넘었다. 시계 초침은 쉬지 않고 전진해서 6시 45분이 다 되어 갔다.

그런데 자명종 소리가 울리지 않았단 말인가. 침대에서 바라보니 시계는 4시에 울리도록 맞춰져 있었다. 자명종은 분명 울렸을 것이다. 하지만 정말 이상하게도 시계 울리는 소리를 듣지 못했다.

가구들을 뒤흔들 정도로 울려 대는 시끄러운 자명종 소리를 듣지 못한 채 세상모르고 잠에 빠져 있다는 것이 가능한 일일까? 물론 그가 불안정한 상태에서 잠을 잔 것은 사실이지만, 순간적으로 깊이 잠이 들었던 모양이다.

자, 이제 어쩌면 좋단 말인가? 다음 열차는 7시에 떠난다. 앞으로 15분, 열차 시간에 맞추려면 머뭇거리지 말고 서둘러야 한다. 그런데 옷감 견본들도 아직 꾸려 놓지 않았을 뿐만 아니라, 컨디션이 좋지 않아서 몸이 가볍게 움직일 것 같지도 않았다. 설사 열차를 탈 수 있다 하더라도, 벼락 치듯 쏟아지는 사장의 꾸지람은 피할 길이 없을 것이다. 왜냐하면 급사가 5시 열차를 기다리고 있다가, 내가 내리지 않은 사실을 알고 이미 사장에게 보고해 버렸을 테니까.

줏대 없고 아첨 잘하는 급사는 인정사정없는 사장의 충복이었다. 그런데 이제 그가 만약 아프다고 연락을 하면 어떻게 될까? 그것은 도리어 그를 난처한 입장에 처하게 할 뿐 아니라, 의심을 받게 될 것이 뻔했다. 그레고르는 그동안 단 한 번도 몸이 아파서 늦거나 결근한 적이 없었기 때문이다.

아마도 사장은 의료 보험 담당 의사를 데리고 들이닥치거나, 그레고르의 부모님한테까지 게으른 아들에 대해 비난할지도 모른다. 그리고 아무리 아프다고 변명하더라도, 사장이 의사에게 진찰을 받아야 된다고 우기면 모든 일이 수포로 돌아가고 말 것이다. 의사의 입장에서 보면, 내가 몸이 아프지도 않으면서 단지 일하기 싫어서 꾀를 부리는 사람으로 보일지도 모를 일이다. 그렇다고 이런 경우에 의사만 나쁘다고 할 수 있을까?

그레고르는 오랜 시간 잠을 잤음에도 불구하고 졸음이 와서 견딜 수가 없었던 것을 제외하고는 사실 건강한 편이었다. 하지만 지금은 다른 무엇보다도 너무나 시장했다.

그가 아직 침대를 떠나려는 결심을 하지 못하고 이런저런 일들을 심각하게 생각하고 있을 때 — 시간은 6시 45분에 접어들고 있었다 ― 누군가가 침대 머리 쪽 문을 조심스럽게 두드렸다.

"그레고르야, 너 왜 아직 출발하지 않니?"

어머니였다. 아, 저 부드러운 목소리! 그레고르는 자신이 대답하는 소리를 듣다가 깜짝 놀랐다. 분명 자신의 목소리였는데, 마치 밑에서 울려 나오는 것 같으면서도 억제할 수 없는 무언가가 신음에 가까운 소리와 섞여 있었다. 처음 몇 초 동안은 단어 자체를 똑똑하게 발음했지만, 이내 상대방이 분명히 알아들을 수 없을 만큼 여운 자체가 흐려지고 말았다.

그레고르는 이 모든 것을 세세하고도 명확하게 설명하려 했으나, 현재 상황에서는 그냥 "예, 예! 어머니, 벌써 일어났어요"라고 대답할 수밖에 없었다.

나무로 된 문이 사이에 있어 그레고르의 목소리가 달라졌다는 것을 바깥에서는 알아채지 못한 모양이다. 그의 대답을 들은 어머니는 안심했는지 거실 쪽으로 발걸음을 옮겼다.

그러나 이렇게 주고받은 간단한 대화로 인해, 벌써 출발했으려니 했던 그레고르가 아직도 집에서 꾸물거리고 있다는 사실을 다른 식구들이 다 알게 되었다.

곧 이어 이번에는 아버지가 옆문을 가볍게 두드렸다.

"그레고르, 그레고르! 무슨 일 있니?"

아버지가 낮은 목소리로 물었다.

대답이 없자, 잠시 후에 아버지는 재촉하듯이 굵직한 목소리로 다시 한 번 불렀다.

"그레고르, 그레고르!"

그러자 이번엔 다른 쪽 문에서 누이동생 그레테가 낮은 목소리로 애타게 불렀다.

"오빠, 어디 아파요? 뭐 드릴까요?"

그레고르는 가능한 이상한 목소리를 내지 않으려 애쓰면서, 양쪽 문을 향해 띄엄띄엄 대답했다.

"준비 다 됐습니다."

아버지는 아침 식사를 하러 돌아갔으나, 누이 그레테는 여전히 문 앞에 서서 소곤거렸다.

"오빠, 제발 문 좀 열어 봐요."

그렇지만 그레고르는 문을 열 생각을 조금도 하지 않았다. 도리어 그는 출장 다니면서 생긴 습관, 다시 말하면 집에서도 밤이 되면 모든 문을 꼭꼭 잠가 버리는 자신의 용의주도한 습관을 다행한 일이라고 생각하면서 고맙게 여기기까지 했다.

그레고르는 진작부터 누구의 방해도 받지 않고 조용히 일어나 옷을 챙겨 입은 다음, 우선 아침을 먹으려고 했다. 그리고 나서 다음 일을 생각해 보려 했다. 침대 속에서 아무리 우물쭈물해 봤자 별 신통한 방법이 떠오르지 않을 거라는 것을 알고 있었기 때문이다.

전에도 잠을 제대로 자지 못한 날이면 가벼운 고통을 느끼곤 했었는데, 그러다가도 침대에서 일어나면 그것이 단순한 착각이었음을 이내 깨닫지 않았는가. 그래서 오늘 아침의 공상도 문제를 푸는 어떤 실마리가 되어 주지나 않을까 하고 기대했기 때문인지 사뭇 긴장되었다. 그는 자신의 목소리가 변한 것은 여행을 자주 하는 외무 사원들에게서 흔히 볼 수 있는 감기 증상 때문이며, 그것은 만성 피로에서 기인하는 일종의 직업병이라는 점을 조금도 의심하지 않았다.

침대 시트를 밀어젖히는 것은 어려운 일이 아니었다. 숨을 쉬면서 배를 조금 불리기만 하면 침대 시트가 저절로 흘러내렸다. 그러나 그다음이 어려웠다. 그의 몸체가 너무나 옆으로 퍼졌기 때문에, 일어나기 위해서는 팔과 손을 동원해야 했다.

그러나 팔과 손이 다 없어진 지금 그의 가느다란 다리들은 제멋대로 얽혀서 수선스럽게 움직일 뿐 말을 잘 듣지 않았다. 발 하나를 구부리려고 하면 구부러지는 것이 아니라 제멋대로 쭉 뻗쳐졌다. 그럼에도 불구하고 그가 원하는 대로 다리 하나를 간신히 구부리면, 이번에는 다른 발들이 제멋대로 움직여서 공중에 붕 떠 있는 것이었다.

"아무 할 일 없이 침대 속에 누워 있지는 말자. 침대 속에서 우물쭈물해 봤자 아무 소용도 없지 않은가."

그레고르는 스스로를 달래듯이 혼잣말을 했다.

그는 먼저 하반신을 움직여 침대에서 빠져나오려고 했다. 그러나 그는 하반신을 보지도 못했고, 어떤 모양으로 생겼는지조차 상상할 수 없었기에 마음대로 움직일 수가 없었다. 그러다 보니 동작이 무척 느려졌다.

화가 치민 그레고르는 있는 힘을 다해서 사정없이 몸을 앞으로 내밀었다. 그런데 그만 방향을 잘못 잡아 옆으로 틀어지면서 침대 다리에 부딪쳐 나가떨어지고 말았다. 그 자리가 너무나 화끈거리면서 아픈 것을 보고, 하반신의 감각이 매우 예민하다는 것을 알게 되었다.

할 수 없이 그레고르는 우선 상반신을 침대 밖으로 끌어내려고 무진 애를 썼다. 조심스레 머리를 침대 가장자리 쪽으로 돌렸다. 이렇게 하는 것은 매우 쉬웠다. 큰 벌레가 되어 버린 그의 몸통 넓이와 무거움에도 불구하고, 몸통 전체는 결국 머리가 돌아가는 대로 천천히 따라와 주었다.

그러나 머리를 침대 가장자리인 허공으로 내미는 순간, 이런 식으로 나아가다간 침대 밑으로 떨어지고 말 것 같은 불안감이 몰려왔다. 그런 자세로 머리를 침대 밖으로 내밀다가, 자칫 잘 못하면 아래로 떨어질 것만 같았기 때문이다. 그렇게 되면 기적이 일어나지 않는 한 머리를 다칠지도 모를 일이잖은가.

그레고르는 지금이야말로 정신을 똑바로 차려야 할 때라고 생각하면서 위험을 막기 위한 방법에 대해 궁리했다. 그래서 결정한 것이 차라리 침대 속에 그냥 누워 있는 편이 낫겠다는 것이었다.

그는 한숨을 쉬며 다시 애를 써서 전과 같은 자세로 누워 있었다. 그의 다리가 그 전보다 더 심하게 얽혀서 허우적거리는 꼴이 눈에 들어오자, 이렇게 제멋대로 움직인다면 절대로 휴식과 안정을 취할 수 없다는 생각이 들었다.

그러나 그레고르는 더 이상 침대 속에 우물쭈물 누워 있을 수는 없다는 생각이 들었다. 설사 침대에서 빠져나갈 희망이 없다고 하더라도 모든 희생을 무릅쓰며 어쨌든 일어나 보자고 결심했다. 그러면서 그는 절망적인 결심보다는 냉정하고 분별 있게 행동하는 것이 훨씬 낫다는 생각을 잊지 않았다.

그는 가능한 한 창문 쪽으로 시선을 두고는 날카롭게 지켜보았다. 그러나 불행히도 좁은 도로를 온통 뒤덮은 자욱한 아침 안개만 보일 뿐, 어떤 위안이나 밝은 기운은 느껴지지 않았다.

"벌써 7시야. 7신데 아직도 이렇게 안개가 자욱한가."

그는 다시 종을 치는 시계 소리를 들으며 혼잣말을 했다.

그레고르는 잠시 동안 가볍게 숨을 쉬면서, 마치 현실적이며 분명히 납득할 수 있는 원래 상태로 되돌아가기를 기대하는 듯이 조용히 누워 있었다.

그는 누운 채로 중얼거렸다.

"무슨 일이 있더라도 7시 15분이 되기 전에는 일어나야겠다. 너무 우물쭈물하고 있으면, 누군가가 나에 대해 물어 보려고 매장에 올는지도 모른다. 매장은 7시 전에 열릴 테니까."

그래서 이번에는 몸 전체의 균형을 잡으며 침대 밖으로 나가려고 기를 썼다. 이런 식으로 침대 밖으로 빠져나오면, 침대에서 떨어지더라도 머리를 조심해서 위로 올리기만 하면 다치지는 않을 것이다. 등은 마치 무슨 갑피처럼 딱딱해서, 양탄자 위에 떨어지면 아무 사고도 일어나지 않을 것이다. 다만 떨어질 때 큰 소리가 나면, 문들이 다 닫혀 있다 하더라도 집 안에 있는 사람들이 놀랄 것이 염려될 뿐이었다. 그렇지만 어쨌든 그건 시도해 보아야 할 일이었다.

그레고르가 침대에서 몸을 반쯤 일으켰을 때 — 이 새로운 방법은 힘들다기보다는 오히려 놀이처럼 재미있게 느껴졌다. 마냥 누운 채로 좌우로 몸을 흔들기만 하면 되었다 — 그는 누군가가 와서 조금만 거들어 주면 모든 것이 간단히 해결될 것처럼 생각되었다.

힘센 사람 두 명 ─ 그는 아버지와 하녀를 떠올렸다 ─ 만 있으면 충분할 것 같았다. 그들이 팔을 그의 등허리 밑으로 밀어 넣으면, 몸을 쳐들고 허리를 구부려서 자기 몸을 침대 밖으로 내려놓고, 그다음엔 자기가 마루 위에서 몸을 뒤집을 때까지 조심스럽게 조금만 참아주면 될 것이다. 그렇게 되면 그의 몸체 무게가 방바닥으로 쏠려 조그만 다리들이 제구실을 하지 않겠는가.

그런데 그때는 문들이 잠겨 있다는 사실은 전혀 생각하지 못했다. 그럼에도 과연 도움을 청해야 하는 것일까? 이 모든 어려움에도 불구하고, 이런 생각을 하자 갑자기 웃음이 터져 나오려 했다.

웃음으로 인해 몸이 크게 흔들려, 그는 균형을 잃고 침대에서 떨어질 지경에 이르렀다. 따라서 마지막 결심을 하지 않으면 안 되었다. 왜냐하면 5분만 있으면 7시 15분이 되기 때문이었다.

그때 현관에서 초인종이 울렸다. ‘회사에서 누가 왔구나’ 하고 생각하니, 갑자기 몸이 빳빳해지는 것 같았다. 그러는 동안에도 작은 발들은 허공에서 분주하게 버둥거렸다.

잠시, 그 모든 것이 조용해졌다.

“아무도 문을 열어 주지 않을 거야!”

그레고르는 헛된 희망에 사로잡혀 혼자 중얼거렸다.

　그러나 언제나 그랬던 것처럼 하녀 안나가 둔탁한 걸음으로 저벅저벅 문 쪽으로 가더니 문을 열었다. 그레고르는 방문객의 첫인사만 듣고도 그가 누구인지 금방 알 수 있었다. 회사의 지배인이었다.

　그레고르는 조금만 직무에 태만해도 크게 의심하는 그런 회사에서 일을 한다는 사실에 화가 났다. 직원들은 하나도 빼놓지 않고 모두가 불량스럽단 말인가? 그들 가운데는, 단지 아침 두서너 시간 동안 회사를 위해서 일하지 않았다고 해서 양심에 가책을 느끼며 미쳐 버리거나 마침내 침대에서 일어날 수도 없는 상태에 빠질 만큼 충실하고 열성적인 사람이 하나도 없단 말인가?

　사실 오늘 아침에 회사에 출근하지 않은 그레고르의 형편을 알아보려면 사환을 보내도 충분할 것이다. 만약 그런 조사가 진짜로 필요하다면 말이다. 그런데 지배인이 직접 찾아와야 한단 말인가? 그리고 이러한 의심스러운 일의 조사를 지배인의 판단에 맡길 수밖에 없다는 사실을 아무 죄도 없는 식구들한테 알려야 한단 말인가?

　그레고르는 단단히 결심을 해서가 아니라, 도리어 이런 생각을 하면서 흥분했기 때문에 온힘을 다해 침대에서 뛰어내렸다. '쿵' 하는 소리가 났지만, 다행히 양탄자가 깔려 있어서 그렇게

심하게 부딪치지는 않았다. 등도 그레고르가 생각했던 것보다는 탄력이 있어서 소리가 그다지 크지 않았다. 다만 머리를 조심해서 들지 않았기 때문에 바닥에 부딪치고 말았다. 그는 화도 나고 너무나 아프기도 해서 머리를 돌리며 양탄자에 비벼 댔다.

"저 방에서 뭔가가 떨어졌나 봅니다."

왼쪽 옆방에서 지배인이 말하는 소리가 들려왔다.

그레고르는 언젠가 지배인에게도 오늘 자기에게 일어난 일과 똑같은 일이 일어날지도 모른다고 상상해 보았다. 그럴 가능성이 있을지도 모른다.

그런데 그의 이런 상상에 대해 대답이라도 하듯, 옆방에서 지배인이 발에 힘을 주고 이리저리 걸어 다니며 에나멜 구두 소리를 냈다. 오른편 옆방에서는 그레고르에게 지배인이 찾아온 사실을 알리려고 누이동생 그레테가 나직하게 속삭이는 목소리가 들려왔다.

"오빠, 지배인이 오셨어요."

"알았어."

그레고르가 알았다는 듯이 중얼거렸다. 그러나 그레테가 알아들을 수 있을 만큼 확실하고 큰 소리는 아니었다.

"그레고르야!"

이번엔 왼쪽 옆방에서 아버지가 말했다.

"지배인께서 오셨는데, 네가 오늘 아침 열차로 출장을 왜 떠나지 않았는지 궁금해하신다. 우리는 뭐라고 말씀드려야 할지 모르겠구나. 그보다도 지배인께서 개인적으로 너하고 직접 얘기하고 싶다고 하시니, 방문 좀 열어라. 방 안이 지저분하고 정리가 잘 되어 있지 않더라도 지배인께서는 널리 이해해 주실 거다."

"여보게, 잠자 군. 아직 일어나지 않았나?"

그사이에 지배인이 끼어들어 친근한 목소리로 불렀다.

"그레고르가 몸이 불편한 모양이에요."

아버지가 아직 문 옆에서 말을 하고 있는 동안에 어머니가 지배인에게 변명하듯 이런저런 얘기를 늘어놓았다.

"그렇지 않고서야 열차를 놓칠 리가 없어요. 쟤는 업무 외에는 다른 생각을 하는 애가 아니거든요. 쟤가 퇴근 후에 한 번도 밖에 나가는 걸 본 적이 없어서 제가 도리어 속상해했답니다. 쟤가 벌써 일주일간이나 시내에 와 있으면서도 매일 저녁 집에만 있었거든요. 저녁에는 우리랑 같이 둘러앉아 한쪽에서 조용히 신문을 읽거나 아니면 열차 시간을 훑어보곤 했습니다. 다른 일이라고는 심심풀이로 하는 목공 일뿐이에요. 저녁 시간을 이용해서 이삼일 만에 조그마한 사진틀을 짰답니다. 얼마나 훌륭한지 지배인님도 보시면 놀라실 거예요. 저쪽 방에 걸려 있답니

다. 그레고르가 문을 열면 바로 볼 수 있을 거예요. 참, 무엇보다
도 지배인님께서 이렇게 와 주셔서 고맙고 반갑네요. 우리가 아
무리 애를 써도 그레고르가 방문을 열 기미를 보이지 않았거든
요. 재가 워낙 고집이 세서 말입니다. 아침에 물어 봤더니 '괜찮
다'고 했지만, 몸이 불편한 게 틀림없어요."

"곧 나갑니다."

그레고르는 천천히 그리고 신중하게 대답하면서도, 밖에서
들리는 얘기를 한 마디도 놓치지 않으려고 꼼짝하지 않았다.

"부인, 저 역시도 그렇게 생각할 수밖에 없네요. 대수로운 일
이 아니면 좋겠습니다. 우리처럼 장사하는 사람들이야 — 원하
든 원하지 않든, 행복하든 행복하지 않든 간에 — 웬만큼 몸이
불편하다고 해서 가만히 누워 있을 수 있습니까? 웬만한 건 그
냥 참고 이겨 내야지요."

"지배인께서 들어가셔도 괜찮겠니?"

아버지는 초조해하면서 이렇게 묻고는 또다시 문을 두드렸
다.

"안 됩니다."

그레고르가 대답했다.

왼쪽 방에서는 숨 막힐 듯한 침묵이 흐르고, 오른쪽 옆방에서
는 그레테가 흐느껴 울기 시작했다.

아마도 그레테는 이제 막 일어나서 아직 옷도 갈아입지 못한 것 같았다. 그런데 무엇 때문에 우는 걸까?

내가 일어나지도 않고 지배인을 내 방에 들어오지 못하게 해서일까? 내가 직장을 잃을까 봐 그러는 걸까? 그렇지 않으면 회사 사장이 옛날 빚을 독촉할지도 몰라서 그러는 것일까?

그런 것들은 벌써부터 걱정할 필요가 없는 일이다. 그레고르는 아직 여기 이렇게 있을 뿐더러, 결코 부모를 저버릴 생각 같은 것은 해 본 일조차 없지 않은가.

그레고르는 잠시 양탄자 위에 누워 있었다. 그가 지금 어떤 상태로 변해 있는지 아는 사람이라면, 지배인을 그의 방으로 들여보내라고 요구하지는 않을 것이다. 다음에라도 쉽사리 변명할 수 있는 이런 사소한 실례 때문에 그레고르가 회사에서 쫓겨나는 일은 없을 것이다. 그래서 그레고르는 울며불며 지배인에게 매달려 귀찮게 하느니보다는 차라리 그를 그대로 내버려 두는 것이 훨씬 현명한 일이라고 생각했다.

그러나 이 흐리멍덩하면서도 애매한 태도야말로 다른 사람들을 어리둥절하게 만들 뿐 아니라, 그들의 태도를 정당화시키는 계기가 되고 말았다.

"잠자 군!"

드디어 지배인이 약간 언성을 높여 불렀다.

"도대체 무슨 일인가? 왜 방 안에서 나오지도 않은 채 '네! 아니오!' 하는 대답만으로 자네 부모를 괴롭히면서 걱정을 끼치고 있는가? 이야기가 나왔으니 말이지만, 지금 자네는 이제껏 들어 보지도 못한 방법으로 직업상의 의무를 게을리하고 있다는 것을 알고 있나? 나는 지금 자네 부모와 사장님의 이름으로 말하겠네. 이유가 뭔지 명확하게 설명해 주게. 그래도 나는 이제까지 자네를 침착하고 분별 있는 사람으로 생각해 왔는데, 이런 법이 어디 있나? 이제 보니 자네는 자기 기분 내키는 대로 행동하는 사람인 것 같군.

오늘 아침에 사장님이 자네가 늦은 이유를 묻기에, 내 나름대로 사장님께 그럴듯하게 설명해 주고 왔는데 말이야. 사실, 사장님은 얼마 전에 자네에게 맡긴 결제 대금에 대해 석연치 않게 생각하는 것 같더군. 그래서 그건 자네에게는 해당되는 일이 아니라고 한사코 자네를 옹호했단 말이네.

하지만 지금 여기서 자네의 이해할 수 없는 고집을 보니, 자네를 위해서 변명해 줄 마음이 싹 가시는군. 그리고 덧붙이자면, 자네의 지위는 결코 확고부동한 것이 아닐세. 나는 원래 모든 것을 단둘이서만 이야기하려고 생각했었지. 그러나 자네가 내 시간을 이렇게 헛되게 낭비하게 하고 있으니, 이제는 자네 부모도 이런 사실을 알아야 한다는 생각이 드는군.

지난 몇 주 동안의 자네 근무 성적은 사실 그리 만족할 만한 것이라고 할 수 없네. 물론 지금은 장사가 잘되는 시기가 아니라는 것을 우리도 잘 알고 있지. 그러나 절대적으로 장사가 안 되는 시기란 있을 수 없을 뿐더러, 있어서도 안 된단 말이야. 안 그런가, 잠자 군?"

지배인이 격앙된 어조로 말했다.

"그렇지만 지배인님……."

그레고르는 흥분한 나머지 자기도 모르게 소리를 쳤다.

"이제 곧 일어납니다. 하지만 어지럼증 때문에, 현기증이 나서 바로 일어날 수가 없어요. 아직 누워 있습니다. 그러나 지금은 괜찮은 편이에요. 지금 막 침대에서 내려가고 있는 중이거든요. 잠깐만 기다려 주세요. 아직 상태가 좋지 않지만, 곧 괜찮아질 겁니다. 별안간 이렇게 몸이 아프다니, 저도 기가 막힙니다. 어제저녁까지만 해도 아무렇지도 않았습니다. 그건 우리 부모님이 잘 알고 계십니다. 아니, 솔직히 말하면 어제저녁에 뭔가 모르게 이상한 느낌이 들긴 했습니다. 저를 주의 깊게 본 사람이라면 눈치챘을 겁니다. 그런데 왜 제가 회사에다 얘기를 하지 않았는지 모르겠습니다. 이런 정도 아픈 것은 따로 쉬지 않아도 견딜 수 있을 것이라 생각했기 때문입니다.

지배인님! 저희 부모님을 나무라지 마십시오. 지금 저에 대해 말씀하신 것들은 터무니없는 내용입니다. 저는 이제까지 그런 비난을 누구에게도 들어 본 적이 없습니다. 지배인님은 제가 발송한 최근의 주문서를 아직 보지 못한 모양인데요, 아무튼 여덟 시 열차로 출발하겠습니다. 몇 시간 쉬었더니 기운이 좀 납니다. 지배인님, 걱정하지 마시고 이제 돌아가십시오. 저도 곧 나가겠습니다. 사장님께도 잘 말씀드려 주세요."

그레고르는 변명을 한답시고 한참 늘어놓았지만, 자기가 무슨 말을 했는지도 알 수 없을 지경이었다.

이미 침대에서 여러 번 연습해서인지, 옷장 쪽으로 쉽사리 다가간 그는 옷장에 의지하여 바로 서 보려고 무진 애를 썼다.

사실, 그는 방문을 열고 지배인한테 자기 모습을 보여 주며 직접 이야기하려 했다. 그렇게도 방으로 들어오고 싶어 하는 저 사람들이 변한 내 모습을 보면 어떤 얼굴이 될까를 상상도 해 보았다.

만약 그들이 놀라서 기절초풍하는 얼굴을 한다면, 그레고르는 어떤 책임도 지지 않을 것이다. 더 이상 변명할 필요가 없으니 그저 잠자코 있으면 된다. 그리고 만약 그들이 그 모든 것을 아무렇지도 않게 생각한다면, 그때는 나도 더 이상 흥분할 필요가 없다. 다만 바삐 서두르면 여덟 시 열차를 탈 수 있을 것이다.

몸을 일으키려던 그레고르는 처음엔 몇 번이나 반들반들한 옷장에서 미끄러졌다. 그러나 마침내는 몸을 뒤흔들며 꼿꼿이 일어설 수 있었다. 하반신이 불에 덴 듯이 아팠으나 그는 조금도 개의치 않았다.

그레고르는 가까이 있는 의자에 몸을 던져, 의자 등받이를 조그맣고 가느다란 발들로 꼭 움켜잡았다. 그리하여 몸의 중심을 잡은 그는 이내 조용해졌으며, 지배인이 하는 얘기를 한 마디도 빼놓지 않고 모두 들을 수 있었다.

"한 마디라도 알아들으셨습니까? 우리를 놀리고 있는 것은 아니겠지요?"

지배인이 그의 부모에게 물어 보았다.

"그럴 리가 있겠습니까."

그레고르의 어머니가 울음 섞인 목소리로 목청을 높였다.

"틀림없이 저 애는 몸이 너무 아파서 신음 소리를 낸 거예요. 그레테, 그렇지?"

"네!"

옆방에서 그레테가 큰 소리로 대답했다.

그들은 그레고르의 방을 사이에 두고 이야기하고 있었다.

"빨리 의사를 불러와라. 오빠가 지금 많이 아픈 모양이다. 빨리 의사를 불러와. 너, 지금 그레고르가 얘기한 것 들었니?"

"그건 분명히 무슨 동물 소리 같았어요."

어머니의 큰 목소리에 비해 매우 나지막한 목소리로 지배인이 말했다.

그러자 그레고르의 아버지가 부엌에다 대고 손뼉을 치며 말했다.

"얘, 안나야! 어서 가서 열쇠 따는 사람을 불러오너라."

그 말이 채 끝나기도 전에, 두 소녀는 치마에서 휙 소리가 나도록 빠른 동작으로 달려 나갔다. ― 도대체 그레테는 어떻게 그리 빨리 옷을 갈아입었을까? ― 현관문이 열렸다. 문이 닫히는 소리가 전혀 들리지 않았다. 커다란 불행이 닥친 집에서 으레 그렇듯이, 문을 열어놓은 채 달려 나간 것 같았다.

그러나 그레고르는 훨씬 침착해졌다. 사실 자기로서는 전보다는 많이 똑똑해졌다고 느끼는데도 불구하고, 사람들은 그의 말을 전혀 알아듣지 못하는 것 같았다. 아마도 귀에 익은 탓일지도 모른다.

그러나 사람들은 그가 정상적인 상태에 있지 않다는 것을 어느 정도 파악했는지, 그레고르를 구해 줄 준비를 갖추고 있었다.

어머니와 아버지의 지시가 떨어지자 그레테와 안나는 밖으로 달려 나갔다. 그것은 그레고르에게 신뢰감과 안정감을 주었고, 그는 기분이 좋아졌다. 그는 자신이 다시 사람 취급을 받게

된 것처럼 느껴졌고, 의사뿐만 아니라 문을 따는 열쇠장이한테
도 — 그렇게 정확하게 구분할 필요는 없지만 — 커다랗고 놀라
운 능력이나 비상수단 같은 것을 보여 주지 않을까 하는 기대가
생겼다.

그는 앞으로 다가올, 어쩌면 운명을 결정지을지도 모를 중요
한 이야기를 나눌 때 될 수 있는 대로 명확한 소리를 내려고 밭
은기침을 하며 목소리를 가다듬었다. 가능하면 목소리를 약간
낮추려고 노력했다. 왜냐하면 그 목소리가 사람의 기침 소리와
다르게 들릴 수도 있기 때문이었고, 그 자신도 자신의 목소리가
어떤지 알 수 없기 때문이었다.

그동안 밖은 아주 조용했다. 부모와 지배인이 책상 옆에 앉아
서 귓속말로 이야기하거나, 문에 기대어 귀를 기울이고 있는지
도 모를 일이었다.

그레고르는 의자를 천천히 문 쪽으로 밀고 나갔다. 그리고 의
자를 떠나 문짝에 매달리다시피 하여 꼿꼿이 섰다. — 그의 발
바닥에서 약간 끈적거리는 액이 분비되어 있었다 — 그레고르
는 과격한 운동으로 인한 긴장을 풀고 그대로 잠시 쉬었다.

그런 다음 문에 선 채 입으로 열쇠 구멍의 열쇠를 돌리기 시
작했다. 이빨이 하나도 남아 있지 않다는 게 유감스러웠다. —
무엇으로 열쇠를 잡으면 될까? — 이빨 대신에 턱의 힘이 무척

셌다. 턱의 힘으로 열쇠를 돌릴 수 있었다. 그런데 그는 어딘가 상처를 입었는데도, 그때는 그것을 살펴볼 겨를이 없었다. 갈색 액체가 입에서 흘러나와 열쇠 위로 흐르더니 마루 위에 뚝뚝 떨어졌기 때문이다.

"아아, 그레고르의 방에서 열쇠 돌리는 소리가 들립니다."

옆방에서 지배인이 말하는 소리가 들려오자, 그레고르는 기운이 솟는 것을 느꼈다. 모두들 '그레고르, 기운을 내라!' 하고 성원을 보내 주었으면 하고 바랐다. '이봐, 힘을 내라구. 열쇠를 꼭 붙들어!' 하고 소리쳐 주었으면 얼마나 좋을까.

모든 사람이 그가 지금 애쓰는 것을 긴장한 채 주목하고 있다는 생각이 들자, 그는 젖 먹던 힘까지 다해서 열쇠를 돌리기 시작했다. 열쇠가 돌아가자, 그의 몸도 빙빙 돌았다. 이제는 단지 입으로 열쇠를 꽉 물고 있으면서 필요에 따라 열쇠에 매달리거나, 아니면 열쇠를 그의 몸 전체로 누르기만 하면 되었다.

이윽고 '찰칵' 하고 자물쇠 열리는 소리가 들렸다. 그 맑은 소리에 그레고르는 제정신으로 돌아왔다. 숨을 돌리며 '열쇠 장수가 다 무슨 소용이 있어'라고 중얼거렸다. 그러고 나서 문을 활짝 열어젖히려고 문손잡이 위에 머리를 올려놓았다.

문이 열렸다. 그러나 그레고르가 내내 문에 매달려 있었기 때문에, 바깥에서는 아직 그의 모습을 볼 수 없었다. 그는 우선 천천히 문의 모서리를 따라서 바깥쪽으로 돌아가야만 했다. 더욱이 문 앞에 벌렁 나자빠지게 되는 추태를 보이지 않으려면 각별히 조심해야 했다. 그는 그때까지도 이런 어려운 동작에 마음이 쏠려서 다른 것에 주의를 기울이지 못했다.

"오오!"

잠시 뒤, 신음하듯 내뱉는 지배인의 소리가 바로 옆에서 들려왔다. ― 그 목소리는 마치 바람이 지나가는 소리처럼 들렸다 ― 지배인은 문 옆에 가까이 있는 그레고르를 보았다.

그레고르를 바로 가까이에서 본 지배인은 반쯤 열린 입에 한 손을 갖다 댄 채 뒤로 어물어물 물러나기 시작했다. 그 발걸음은 마치 보이지 않는 어떤 힘에 이끌려서 움직이는 것 같았다.

그레고르의 어머니는 ― 지배인이 와 있음에도 불구하고, 아침에 일어나서 머리 손질을 하지 못해 헝클어진 상태였다 ― 두 손을 꽉 맞잡은 채 처음에는 아버지를 쳐다보다가 다음에는 그레고르 쪽으로 두어 걸음 다가왔다. 그러다가 치마를 사방으로 풀썩 휘날리며 주저앉는가 싶더니 느닷없이 쓰러지고 말았다. 그레고르의 흉측한 모습을 보지 않으려는 듯 얼굴을 가슴에 묻고 있었다.

그레고르의 아버지는 증오에 가득 찬 표정으로, 마치 그레고르를 방 안으로 몰아넣으려는 것처럼 주먹을 불끈 쥐었다. 그러나 곧 집 안을 불안한 표정으로 두리번거리다가 두 손으로 눈을 가리더니 뚱뚱한 가슴을 들썩거리며 울기 시작했다.

그레고르는 자기 방으로 돌아갈 생각도 못 하고 꽉 잠긴 한쪽 문에 기대어 있었다. 때문에 그의 몸은 밖에서 반쯤 보이고, 옆으로 갸우뚱 기울인 머리가 그 위로 보일 뿐이었다. 그는 그런 자세로 여러 사람을 엿보고 있었다.

그러는 동안에 날이 환하게 밝아 왔다. 길 건너편으로 회색빛을 띤 커다란 건물이 우뚝 솟아 있었다. ― 그것은 병원이었다 ― 병원의 일부분이 뚜렷하게 모습을 드러냈다. 거리로 면한 전면에는 규칙적으로 나란히 창문이 뚫려 있었다.

밖에서는 아직도 비가 내리고 있었다. 빗방울이 한 방울씩 한 방울씩 떨어지기 시작했다. 얼핏 보기에도 제법 굵어 보이는 빗방울이었다.

거실 식탁 위에는 아침을 먹고 난 접시들이 잔뜩 쌓여 있었다. 하루 중에서 아버지에게 가장 중요한 식사는 아침 식사였다. 아버지는 식사를 하면서 이 신문 저 신문을 몇 시간 동안 훑어보는 습관이 있었다.

바로 맞은편 벽에는 그레고르의 군대 시절 사진이 걸려 있었다. 육군 소위로 근무하고 있을 때의 사진으로, 한쪽 손을 군도(軍刀) 위에 대고 자신감 있게 웃고 있는 모습이 마치 자신의 당

당함과 군복의 위엄에 대해 경의를 표하라고 요구하는 것처럼
느껴졌다.

현관 옆으로 통하는 문과 현관문이 열려 있었기 때문에 현관
앞에 있는 계단 입구가 내다보였다. 또한 아래층으로 통하는 계
단의 첫머리도 보였다.

"그런데……."

그레고르가 입을 열었다. 그는 오직 자기 한 사람만이 냉정한
태도를 유지하고 있다는 사실을 똑똑히 의식하고 있었다.

"곧 옷을 입고 견본을 챙겨서 출발하겠습니다. 지금 출발해
도 괜찮겠습니까? 그런데 지배인님, 제가 고집이 센 것이 아니
라 일하기를 좋아하는 사람이라는 것을 알아주셨으면 합니다.
여행 자체는 무척 힘들지만, 난 여행을 하지 않고는 살아 나갈
수가 없습니다. 지배인님, 어디로 가실 겁니까? 회사로 가실 겁
니까? 그러실 거죠? 모든 것을 사실대로 보고하실 생각이시죠?
지금 당장은 일할 능력이 없습니다만, 지금까지 제가 잘한 것
을 헤아려 주신다면 앞으로 정신 차리고 더 부지런히 일하겠습
니다. 지배인님도 아시다시피 저는 사장님께 많은 신세를 졌습
니다. 게다가 저는 부모님과 누이동생 때문에 걱정이 많습니다.
저는 지금 곤란한 상황에 빠져 있지만, 머지않아 이러한 난관을
극복할 수 있을 겁니다. 저를 전보다 더 어려운 상황에 놓이게

할 필요는 없지 않겠습니까. 부디 제 편을 들어주십시오!

　외무 사원을 누구나 좋아하지 않는다는 것을 저도 잘 알고 있습니다. 사람들은 외무 사원이 큰돈을 벌어서 화려하게 생활하는 줄 압니다. 그렇다고 이런 그릇된 생각을 고칠 수 있는 이렇다 할 만한 기회가 있는 것도 아닙니다. 그러나 지배인님, 지배인님께서는 우리 회사의 실정을 다른 누구보다도 잘 알고 계시잖습니까. 사실 아무도 듣는 사람이 없으니까 드리는 말씀입니다만, 사장님보다도 지배인님이 이런 사정을 더 잘 알고 계시다고 생각합니다. 사장님은 기업주라는 독특한 입장 때문에 자칫하면 자기 고용인에 대해 불리한 판단을 내리기 일쑤입니다. 지배인님도 아시다시피 일 년 삼백육십오 일을 밖으로만 돌아다니는 저희 외무 사원들은 여러 사람의 입에 오르내리기도 쉽고, 터무니없이 희생양이 되는 경우도 적지 않습니다. 하지만 외무 사원은 그런 사실을 전혀 알지 못하므로 이를 해명하거나 막아낼 방법이 없습니다. 다른 직원들한테 사전에 아무것도 들은 것이 없을 뿐 아니라, 지칠 대로 지쳐서 출장을 마치고 집에 돌아오면 원인조차 알 수 없는 불쾌한 증세로 고통을 당하기 때문입니다. 지배인님, 제발 돌아가시기 전에 제가 말씀드린 것 중에서 아주 작은 것이라도 좋으니 동의해 주십시오.”

　그러나 지배인은 그레고르의 첫마디를 듣자마자 몸을 옆으로 돌려 버리고는, 입술을 위쪽으로 비틀어 올리며 들먹거리는 어깨 너머로만 그레고르 쪽을 돌아볼 뿐이었다. 그레고르가 애기하는 동안 그는 한순간도 가만히 있지 않았으며, 한순간도 그레고르에게서 눈을 떼지 않았다. 그러면서 문 쪽으로 슬금슬금 뒷걸음질 쳤다.

그는 마치 방에서 나가는 것이 금지되어 있는 것처럼 행동했다. 그러다가 마침내 현관 입구에 다다르자, 그는 재빨리 몸을 돌리며 거실에서 날쌔게 발을 뺐다. 동시에 그는 발바닥에 불이라도 붙은 것처럼 펄쩍 뛰더니만, 현관 입구의 방에서 계단 쪽으로 오른손을 길게 뻗었다. 그것은 마치 하늘로부터 내려오는 구원의 손길을 간절히 기다리는 가엾은 어린 양의 모습 같았다.

그레고르는 회사에서 자기 위치가 불안해지는 것을 피하려면, 지금과 같은 기분으로 지배인을 떠나게 해서는 안 된다고 생각했다. 물론 부모님은 이런 사정을 잘 이해하지 못하겠지만 말이다.

오래전부터 그레고르의 부모는 그가 회사에서 착실하게 일하기만 하면 평생 동안 자기네 생활이 안정될 것이라고 생각해 왔다. 그들은 그레고르가 출장을 다니면서 얼마나 피로를 느끼는지 잘 알지 못하는 데다가, 나름대로 갖고 있는 걱정거리가 너무 많아서인지 장래 일까지 생각할 마음의 여유를 갖지 못했다.

그러나 그레고르는 바로 앞에 닥칠 일을 염려했다. 그는 지배인을 붙들어 놓고 마음을 가라앉힌 다음 설득하지 않으면 안 된다고 생각했다. 그레고르와 가족의 장래가 바로 이것의 성패에 달려 있지 않은가!

이 자리에 누이동생이 있으면 좋으련만! 그의 누이동생은 매우 영리했다. 그레고르가 아직도 태연하게 누워 있을 때 누이동생은 오빠를 위해서 울고 있었다. 여자들 앞에서는 맥을 못 추는 지배인이니까, 누이동생의 말에는 설복당할 수도 있을 것이다. 누이동생이라면, 현관문을 꼭 닫은 다음 현관에서 지배인을 붙잡고 서서 오늘 일어난 놀라운 사건에 대해 모조리 해명할 수도 있을 것이다.

그러나 마침 누이동생이 없었기 때문에 그레고르 자신이 직접 일을 처리해야 할 상황이었다.

그레고르는 자신이 과연 몸을 움직일 수 있는 힘을 가졌는지도 알지 못하고, 설사 무슨 말인가를 한다고 해도 십중팔구는 상대방이 알아듣지 못하리란 것은 생각하지도 않은 채 갑자기 슬금슬금 문지방을 넘어서 지배인 쪽으로 가려 했다.

지배인은 우스꽝스럽게도 현관의 난간을 두 손으로 꼭 잡고 매달려 있었다.

그레고르는 무엇인가 의지할 것을 붙잡으려고 허우적거리다가 나직하게 소리를 지르며 수많은 작은 발을 깔고 그만 마루 위에 쓰러져 버렸다. 그런데 그렇게 쓰러지자마자 몸이 편안해지면서 어떤 쾌감이 밀려왔다.

그의 발밑은 딱딱한 마룻바닥이었다. 그의 발들은 아주 흡족할 만큼 마음대로 잘 움직여 주었다. 심지어는 가고 싶은 방향으로 그를 데려가려고 애를 썼다. 조금만 참으면 모든 고통이 사라지고 몸이 완전하게 회복될 것만 같았다.

그는 무턱대고 움직이고 싶은 충동을 억누르며 어머니에게서 그리 멀리 떨어지지 않은 맞은편 마루 위에 몸을 흔들거리면서 누워 있었다. 그 순간, 얼빠진 사람처럼 멍하니 있던 어머니가 벌떡 일어나더니 두 팔을 허공에 쭉 뻗어 내저으며 소리를 질렀다.

"사람 살려요! 아이고, 사람 살려요!"

그러고는 그레고르를 더 자세히 보려는 듯 머리를 숙이더니, 머리를 갸우뚱거리며 정신없이 뒤로 물러섰다. 어머니는 뒤쪽에 아침 식사를 차려 놓은 식탁이 있는 것을 까맣게 잊어버리고 있다가, 식탁에 몸이 부딪치자 자기도 모르게 그만 식탁 위에 털썩 주저앉았다. 그 바람에 식탁 위에 놓인 커피 주전자가 엎어져서 담겨 있던 커피가 양탄자 위로 흘러내렸다. 하지만 어머

니는 너무나 놀란 나머지 그 사실조차 알아채지 못했다.

"어머니, 어머니!"

그레고르가 아주 작은 목소리로 부르며 어머니를 올려다보았다. 그 순간, 그레고르의 머릿 속에 지배인에 대한 생각은 들어 있지 않았다. 그는 흘러내리는 커피를 보자 핥아 먹고 싶은 충동이 느껴져 몇 차례나 허공을 향해 입을 짝 벌리곤 했다.

어머니는 그런 그레고르의 모습을 보고 또다시 비명을 지르며 식탁에서 뛰어내려 달아나다가 맞은편에서 달려온 아버지 팔 안에 쓰러졌다. 그러나 그때 그레고르는 부모님을 돌볼 겨를이 없었다.

재빨리 계단 위로 도망친 지배인은 난간 위에 턱을 걸쳐 놓은 채 마지막으로 뒤를 돌아다보았다. 그레고르는 될 수 있는 한 지배인을 붙들려고 앞으로 나갔다. 그러자 지배인은 벌써 눈치를 채고 한꺼번에 몇 계단씩 뛰어내려 사라지고 말았다.

"휴, 살았다!"라고 소리치는 것이 복도 전체에 울려 퍼졌다.

지배인이 도망치자, 그때까지 침착한 태도를 유지하던 아버지가 갑자기 당황해하는 것 같았다.

아버지 스스로가 지배인의 뒤를 쫓아가는 것도 아니었지만, 그렇다고 그레고르가 그의 뒤를 따라가는 것을 막으려고 생각하는 것 같지도 않았다.

아버지는 지배인이 모자랑 외투랑 같이 두고 간, 긴 의자에 놓여 있던 지배인의 지팡이를 오른손에 든 채 왼손으로 탁자 위에 있던 신문을 들고 와서는 그레고르를 향해 마구 휘두르기 시작했다. 그러곤 발을 동동 구르며 그레고르를 그의 방으로 몰아넣으려 했다.

그레고르가 아무리 애원해도 소용이 없었다. 그가 애원하는 말 따위는 통할 것 같지 않았다.

그레고르는 그만 단념하고 머리를 돌리려고 했으나 아버지는 점점 더 요란하게 발을 굴러 댔다.

몹시 추운데도 불구하고 어머니는 창문을 열어젖혔다. 그러더니 위험할 정도로 얼굴을 밖으로 쑥 내밀고는 두 손으로 감싼 채 하염없이 찬 공기를 쐬고 있었다.

그때 마침 골목길과 계단 사이로 세찬 바람이 휘몰아쳐 창문에 쳐진 커튼이 휘날렸고, 책상 위에 있던 신문 중 몇 장이 우수수 소리를 내며 마루 위로 날아 떨어졌다.

아버지는 조금의 흔들림도 없이, 마치 사나운 원시인처럼 '쉿 쉿' 소리를 내며 그레고르를 사정없이 내몰았다.

그러나 그레고르는 한번도 뒷걸음질 치는 것을 연습해 본 적이 없기 때문에 동작이 매우 느렸다. 만일 한 번에 휙 돌아설 수 있었다면 바로 자기 방으로 돌아갔을 것이다. 그러나 몸을 돌리는 데 시간이 너무 많이 걸렸다. 때문에 그는 아버지를 화나게 할까 봐 겁을 내면서, 언제 지팡이로 얻어맞을지 몰라 벌벌 떨고 있었다.

그렇지만 이제 그레고르에게는 방향을 돌리는 수밖에 다른 방도가 없었다. 뒷걸음을 치다 방향을 바로잡지 못할까 봐 두려웠기 때문이다. 그래서 그는 아버지 쪽을 흘깃흘깃 쳐다보며 가능한 한 빨리 방향을 돌리려고 기를 썼다. 그렇지만 실제로 그 동작은 너무나도 느렸다.

그레고르의 아버지는 그가 방향을 돌리기 시작한 것을 보자 약간 누그러진 태도를 보이면서, 오히려 지팡이 끝을 사용하여 약간 떨어진 곳에서부터 이 방향 저 방향으로 안내해 주었다.

단지 지팡이로 몰아댈 때 '쉿쉿' 하는 소리만 내지 않으면 얼마나 좋을까! 그레고르는 그 소리를 들으면 머리가 돌아 버릴 것만 같았다.

그레고르는 거의 다 돌아섰을 때, 끊임없이 나는 '쉿쉿' 소리에 진저리를 치다 정신이 헷갈려서 그만 방향을 잘못 잡고 말았다. 너무나 지나치게 되돌아갔던 것이다.

하지만 다행히도 그의 머리가 문 앞에 닿았다. 그러나 그대로 문을 통과하기에는 그의 몸집이 너무나도 불룩했다. 물론 그를 문 안으로 들어가게 하려면 닫혀 있는 다른 문을 열어 주기만 하면 되었지만, 그때의 아버지 상태로서는 그런 생각이 좀처럼 머리에 떠오르지 않는 모양이었다. 아버지는 어떻게 해서든지 그레고르를 빨리 그의 방으로 몰아넣으려는 생각뿐이었던 것 같다.

그레고르는 똑바로 일어서기만 하면 문제없이 문을 통과하리라고 생각했다. 하지만 그렇게 하려면 여러 가지로 까다로운 준비가 필요했다. 그러나 아버지는 절대로 그것을 준비하는 데 필요한 시간을 허락할 것 같지 않았다. 아버지는 그러한 장애는 생각지도 않고, 도리어 계속해서 이상한 소리를 내며 기를 쓰고 앞으로 몰아댔다.

그레고르의 뒤에서 아버지가 내는 소리는 아무리 들어 보아도 이 세상에 단 한 분밖에 없는 아버지의 목소리 같지가 않았다. 사실 그쯤 되고 보니 이젠 더 이상 농담이라고는 할 수 없는 일이었다.

그레고르는 ― 될 대로 되라는 듯이 ― 문을 향해서 돌진했다. 그의 몸 한쪽이 약간 들리는가 싶더니, 문틈에 모로 비스듬히 쓰러졌다. 한쪽 옆구리에 난 상처가 스치는 바람에 흰색 문에 더러운 얼룩을 남기고 말았다.

그의 몸은 문에 꽉 끼어 혼자서는 옴짝달싹할 수 없는 지경이 되었다. 게다가 한쪽에 달린 발들은 허공에서 바르르 떨고 있었으며, 다른 발들은 마룻바닥에 짓눌려 몹시 아팠다.

그때 아버지가 마치 그를 구하기라도 할 것처럼 뒤에서 확 밀쳤다. 때문에 피투성이가 된 그의 몸이 허공에 붕 떠올랐다가 방 안으로 깊숙이 밀려 떨어졌다.

아버지는 지팡이로 문을 밀어 '쾅' 하고 닫았다. 그러자 주위가 갑자기 조용해졌다.

2

저녁이 되어 어두워질 무렵에야 비로소 그레고르는 실신 상태와도 같은 괴로운 잠에서 깨어났다. 누가 건드리지 않아도 그 이상 더 오래 잠을 잘 수는 없었을 것이다. 그는 실컷 잠을 자고, 충분히 쉬었다고 느꼈다.

그럼에도 그는 잠결에 재빨리 걸어가는 발걸음 소리와 현관 방으로 통하는 문이 조심스럽게 닫히는 소리를 듣고 잠이 깬 것처럼 느껴졌다.

밖의 가로등 불빛이 여기저기 천장과 가구 위를 창백하게 비추고 있었다. 그러나 아래쪽 그레고르의 침대 부근은 깜깜했다. 그는 그때야 비로소 귀중하게 생각하기 시작한 자신의 촉각으로 어물어물 바닥을 더듬으며 문 쪽으로 슬금슬금 기어갔다. 문 밖에서 무슨 일이 일어났는지 알아보기 위해서였다.

왼쪽 옆구리 어딘가에 기다란 상처가 나서 불쾌하게 잡아당기는 것 같았다. 그래서 그는 두 줄로 나란히 달린 작은 발들을 번갈아 절름거리며 걸어야 했다. 아침에 사고가 났을 때 발 하나를 몹시 다쳤기 때문에 — 어쨌든 발 하나만 다쳤다는 것은 거의 기적이라고 할 수 있는 일이지만 — 그 다리를 힘없이 질질 끌었다.

문 옆에까지 와서야 비로소 무엇이 자기를 문 쪽으로 이끌었는가를 깨달았다. 그것은 어떤 음식물의 냄새였다.

거기에는 우유가 가득 담긴 작은 대접이 놓여 있었는데, 그 우유 속에 흰 빵 조각이 둥둥 떠 있었다. 몹시 배가 고팠던 그레고르는 너무나 기쁜 나머지 하마터면 큰 소리로 웃을 뻔했다. 아침보다도 훨씬 배가 고프기 때문이었다. 그는 곧 눈 위까지 잠기도록 머리를 우유 속에 처박았다. 그러나 그는 이내 실망해서 고개를 꺾어 세웠다.

왼쪽 옆구리가 거북해서 먹는 데 불편했을 뿐더러 — 그는 무엇을 먹을 때 온몸이 헐떡거리듯 숨 가쁘게 먹어야만 했다. 또한 평소에 그가 좋아하는 우유를 그레테가 일부러 들여놓아 준 것이 분명했다 — 이상하게도 전혀 맛이 없었다. 그는 우유 맛을 보자마자 그만 그것이 지긋지긋하게 싫어져서, 그릇에서 몸을 돌려 방 한가운데로 기어와 버렸다.

그레고르가 문틈으로 보았을 때 거실에는 전등이 켜져 있었다. 그러나 집 안은 매우 조용했다. 전 같으면 아버지가 약간 높은 목소리로 어머니나 그레테한테 저녁 신문을 읽어 주었을 텐데, 어쩐 일인지 지금은 아무 소리도 들리지 않았다.

누이동생이 늘 자기에게 이야기를 해 주고 편지로 적어 보내기도 했던 이 신문 낭독을 아마 이제는 그만둔 모양이었다. 하지만 아무도 없는 상태로 집을 비웠을 리는 없을 텐데, 사방이 너무 고요하게 가라앉아 있었다.

"집 안이 어쩌면 이렇게도 조용할까?"

그레고르는 이렇게 혼잣말을 하며, 눈앞의 어둠을 뚫어져라 바라보았다. 그는 자기가 부모님과 누이동생을 위해서 이렇게 훌륭한 집을 마련해 주었다는 사실에 무엇보다도 자부심을 느끼고 있었다. 그런데 이 모든 평화와 행복과 만족이 한꺼번에 어떤 놀라움으로 변하여 사라져 버린다면? 왜 이렇게 무서운 상황이 닥쳐오는 걸까?

그레고르는 불길한 생각에 빠지지 않으려고 캄캄한 방 안을 이리저리 기어 다녔다.

그렇게 오랜 시간이 흐르는 동안 한 번은 옆문이, 또 한 번은 다른 쪽 문이 조금 열렸다가 닫혀 버렸다. 누군가 방 안으로 들어오려고 하다가 그만둔 모양이었다.

그래서 그레고르는 주저하고 있는 사람을 어떻게 해서든 안으로 끌어들이든지, 그렇지 않으면 적어도 그가 누구인지 알아볼 작정으로 문 옆에 찰싹 붙어 있었다. 그러나 그 이상은 문이 열리지도 않았는데, 아무리 기다려 보아도 소용없는 일이었다.

아침에 문이 잠겨 있을 때에는 모두들 방 안에 들어오고 싶어 했는데, 지금은 자기가 한쪽 문을 열어 놓고 다른 쪽 문들은 낮부터 쭉 열려 있었는데도 아무도 들어오지 않았다. 도리어 지금은 밖에서 문을 잠그고 열쇠까지 꽂아 둔 상태였다.

밤이 깊어서야 거실의 불이 꺼졌다. 부모님과 누이동생은 늦게까지 잠을 자지 않고 있었다는 것을 쉽사리 알 수 있었다. 왜냐하면 그때까지 세 사람이 모두 발끝으로 살금살금 걸어 다니는 소리가 똑똑하게 들려왔기 때문이다.

물론 다음 날 아침까지도 그레고르의 방에 들어온 사람은 아무도 없었다. 그 덕분에 그레고르는 이제부터 자기의 생활을 어떻게 꾸려 나갈까 하고 혼자서 조용히 생각해 볼 여유를 가질 수 있었다.

그런데 천장이 높고 텅 빈 이 방에 거의 누군가에게 강요당하듯이 아주 납작하게 누워 있다는 사실에 그는 알 수 없는 두려

움과 혐오감을 느꼈다. 이 방은 그가 5년 전부터 살았던 방임에
도 불구하고 무의식적으로 가벼운 부끄러움을 느끼면서 소파
밑으로 기어 들어갔다.

조심을 했는데도 등허리가 내리눌려 머리를 제대로 들 수 없
는 것 말고는 방 안의 다른 곳보다 안정감 있게 느껴졌다. 다만
그의 몸이 소파 밑으로 완전히 들어가기에는 너무 넓적하다는
것이 한탄스러울 뿐이었다.

그레고르는 밤새도록 소파 밑에 누워서 때로는 반쯤 졸다가
배가 고파서 깜빡 깨기도 하고, 때로는 걱정과 막연한 희망에
잠기기도 하면서 하룻밤을 지새웠다. 결국 그가 얻은 결론은 어
쨌든 꾹 참고 견뎌 보자는 것이었다. 현재 자기의 상태로 인해
식구들이 필연적으로 겪어야 하는 여러 가지 불편함과 불쾌감
을 고려하지 않을 수 없었기 때문이다.

아직 날이 밝지도 않은 이른 새벽녘에, 그레고르가 마음속으
로 결정한 것을 확인해 볼 기회가 생겼다.

거실에서 이미 옷을 다 입은 그레테가 문을 열고 긴장된 표정
으로 방 안을 들여다보았다. 그레테는 그를 바로 발견하지 못했
지만, 이내 소파 밑에 있는 것을 알아차렸다. 그녀는 깜짝 놀라
어쩔 줄 몰라 하며 다시 문을 닫아 버렸다.

그레고르는 혼자 중얼거렸다.

"아! 어디건 방 안에 있을 수밖에 없지 않은가. 그렇다고 날아서 달아날 수도 없는 노릇 아닌가."

그레테는 자기의 그런 태도를 곧 뉘우친 듯 다시 문을 열고 방 안으로 들어왔다. 마치 중환자의 집에 들렀거나 아니면 낯선 집을 몰래 방문했을 때처럼 발꿈치를 들고 살금살금 걸어 들어왔다.

그레고르는 머리를 소파 가장자리까지 바싹 내밀고 누이동생을 올려다보았다.

그레테는 과연 우유를 다 먹지 않고 남겼다는 것을 눈치챌까? 사실은 배가 불러 남겨 놓은 것이 아닌데……. 그레고르는 더 맛있는 다른 음식을 방으로 날라다 주면 얼마나 좋을까 하고 생각했다.

그레테는 결코 자진해서 맛있는 음식을 갖다 줄 것 같지도 않을 뿐더러, 누이동생에게 그런 주의를 주느니 차라리 그대로 굶어 죽는 편이 낫다고 생각했다. 그럼에도 불구하고 사실은 소파 밑에서 한시라도 빨리 기어 나와 누이동생 발밑에 몸을 던진 다음, 무엇이든 맛있는 음식을 갖다 달라고 부탁하고 싶은 생각이 굴뚝같았다.

그레테는 우유가 주위에 약간 쏟아져 있을 뿐, 아직 그릇 안에 그대로 남아 있는 것을 보고 몹시 놀란 것 같았다. 누이동생은 그릇을 걸레로 받쳐 들고는 밖으로 나가 버렸다.

그레고르는 누이동생이 우유를 들고 나간 대신에 무엇인가를 가지고 올지도 모른다는 기대를 하며, 이것저것 상상을 해 보았다. 그러나 정작 기대를 저버리지 않고 누이동생이 여러 가지 음식을 갖고 나타나자, 그는 누이동생이 무슨 뜻에서 그랬는지 알지 못해 어리둥절해했다.

그레테는 자기 오빠가 무엇을 좋아하는지 시험해 보려는 듯 여러 가지 음식을 가져와서 헌 신문지 위에 펼쳐 놓았다. 그레테가 가져온 것은, 반쯤 썩은 채소가 있는가 하면 식구들이 먹다 남긴 뼈다귀, 건포도와 아몬드 몇 알, 이틀 전에 그레고르가 맛없다고 말한 치즈, 아무것도 바르지 않은 말라빠진 빵, 버터 바른 빵, 버터를 바르고 소금을 뿌린 빵, 그 밖에 그레고르의 전용으로 정한 듯한 대접에 담긴 물 등이었다.

그레테는 그레고르가 자기 앞에서는 먹지 않으리라는 것을 재빨리 알아차리고는 나가 버렸다. 그러고는 그레고르 마음대로 즐겁게 먹어도 좋다는 뜻에서 그런 것인지는 모르지만, 밖에서 열쇠까지 채웠다.

그레고르가 식사가 차려진 곳으로 가려는데, 상처가 다 나았는지 크게 불편하지 않았다. 다만 기운이 없으면서 후들후들 떨려 왔다.

그는 상처가 아프지 않다는 것이 매우 놀랍게 느껴졌다. 생각해 보니, 한 달 이상이나 된 칼에 벤 손가락의 상처가 엊그제까지도 몹시 아팠던 것이다.

'혹시 감각이 둔해진 건 아닐까?'

그레고르는 이렇게 생각하며, 무엇보다도 입맛을 돌게 하는 치즈부터 먹기 시작했다. 그리고는 정신없이, 너무나 흐뭇한 나머지 눈물까지 흘려 가며 채소와 소스 등을 차례대로 게걸스럽게 먹어 치웠다. 새로 요리된 음식은 별로 맛이 없었다. 도리어 신선한 음식은 냄새조차도 맡기 싫을 만큼 역겹게 느껴져, 자기가 먹고 싶은 것을 약간 옆으로 끌고 가서 먹었다.

이윽고 먹을 것을 다 먹어 치우고 빈둥빈둥 신문지 옆에 누워 있을 때, 밖에서 그레테가 천천히 열쇠 돌리는 소리가 들려왔다. 그 소리는 마치 그레고르에게 얌전히 제자리로 돌아가라는 신호처럼 여겨졌다. 막 잠이 들 뻔했던 그레고르는 열쇠 소리에 놀라, 소파 밑으로 부랴부랴 기어 들어갔다.

누이동생이 방 안에 있는 것은 잠시 동안이었지만, 소파 밑에 들어가 꾹 참고 있으려니까 여간 힘들지 않았다. 음식을 많이 먹어 몸집이 커진 까닭에 좁은 소파 밑에서는 숨도 제대로 쉬지 못할 만큼 고통스러웠기 때문이다.

그가 숨이 막힐 것처럼 답답한 상태에서 쑥 튀어나온 눈으로 바라보고 있으려니까, 아무것도 눈치채지 못한 그레테는 남은 음식 찌꺼기뿐만 아니라 그레고르가 전혀 손도 대지 않은 음식까지 모두 쓸어 모았다. 그러더니 그것을 성급히 쓰레기통 속에 붓고 나서 나무 뚜껑으로 덮어 버린 다음 이내 방을 나가 버렸다.

누이동생이 나가자마자 그레고르는 소파 밑에서 기어 나와 넓은 방바닥에 다리를 쭉 펴고 누워 '휴' 하고 숨을 돌렸다.

그 뒤로 그레고르는 매일 이렇게 식사를 했다. 첫 번째 식사는 아침에 부모님과 하녀가 아직 잠을 자고 있을 때이고, 두 번째 식사는 다른 식구들이 모두 점심을 먹은 다음이었다. 그 시간은 부모님이 잠시 낮잠을 자는 때이고, 하녀는 누이동생의 심부름으로 장을 보러 밖으로 나가는 때였다.

그에게 이런 시간에 식사를 주는 것을 보면, 식구들은 그레고르가 굶는 것을 더 이상 원하지는 않지만 그레고르의 식사에 관해서는 누이동생의 말을 통해서 간접적으로 아는 것만으로도 충분하다고 생각하는 것 같았다. 게다가 누이 동생도 식구들이 너무나도 고통을 당하고 있기 때문에 또 다른 슬픔이나 걱정거리를 안겨 주지 않으려고 마음먹었는지도 모를 일이다.

한편, 자신이 벌레로 변한 첫날 아침에 식구들이 의사와 열쇠 장수한테 뭐라고 말하여 돌려보냈는지 그레고르는 전혀 모르고 있었다. 그날 이후 그와 가족 사이엔 대화가 전혀 없었던 것이다. 아무도 그레고르가 하는 말을 이해하지 못했고, 그 누구도 — 누이동생조차도 — 그레고르가 다른 사람들이 하는 말을 이해할 수 있으리라고 생각하지 않았기 때문이다.

그레고르는 누이동생이 자기 방에 들어와 있는 것으로 만족해야만 했는데, 그때 그는 가끔 그레테가 한숨을 쉬며 하느님을 부르는 소리를 듣곤 했다.

얼마 후, 누이동생이 자기를 보살피는 데 약간 익숙하게 되었을 때 — 물론 완전히 익숙해지는 것은 기대할 수 없지만 — 때때로 친절한 말씨나 친절하다는 의미로 받아들일 수 있는 말을 듣기도 했다.

그레고르가 식사를 남김없이 먹어 치웠을 때, 그레테는 그의 방에 들어와서 "아! 오늘 식사는 맛이 있었나 봐!"라고 혼자 중얼거렸다. 그러나 반대로 음식을 거의 먹지 않고 남겼을 경우에는 — 그런 경우가 대부분이었지만 — "아이고, 오늘은 먹지 않고 그대로 남겼네!" 하고 말하면서 풀 죽은 표정을 짓기 일쑤였다.

그레고르는 직접 새로운 소식을 접할 수 없기 때문에 늘 옆방에서 들려오는 소리에 귀를 기울이곤 했다. 옆방에서 말소리가 들려오기만 하면 즉시 그 방의 문 옆으로 달려가서 온몸을 문에 바싹 갖다 붙였다. 비밀이라고는 하지만, 특히 처음에는 그레고르에 관한 이야기가 대부분이었다.

이틀 동안은 식사 시간마다 주제가 늘 같았는데, 그건 '지금부터 어떻게 행동해야 할까'를 식구들이 의논하는 소리였다.

식사와 식사 사이에 나누는 대화도 언제나 같은 내용이었다. 그건 어떤 경우라도 집을 비워둘 수 없기 때문에 누군가는 집에 남아 있어야 하는데, 누구도 혼자서는 집에 남아 있고 싶어 하지 않았으므로 언제나 적어도 두 사람은 남아 있었던 까닭이다.

하녀 안나는 그레고르가 변신한 바로 그날 — 이 사건에 관해서 무엇을 얼마나 알고 있는지는 확실하지 않았지만 — 이 집에서 내보내 달라고 어머니에게 무릎을 꿇고 애원했다. 그리고 15분 후에 하녀는 작별 인사를 하면서, 자기를 이 집에서 내보내 주는 것이 굉장한 은혜인 것처럼 눈물을 흘리며 고마워했다. 그러면서 아무도 그녀에게 부탁하지도 않았는데, 이 사건에 관해서 다른 사람들에게 절대로 말하지 않겠다고 엄숙히 맹세하고는 사라졌다.

그래서 그레테는 어머니를 도와서 요리를 비롯한 집안일을 하지 않으면 안 되었다. 하지만 모든 식구가 음식을 거의 먹지 않았기 때문에 그다지 힘들지는 않았다.

한 사람이 다른 사람에게 식사를 하라고 부르면 아무 대답이 없거나, 그렇지 않으면 "고마워. 난 됐어"라든가 그와 비슷하게 대답하는 소리를 그레고르는 가끔 듣곤 했다.

술도 마시지 않는 것 같았다. 때로는 누이동생이 아버지에게 '맥주를 마시지 않겠느냐'라고 물으면서, 자기가 가져오겠다고 상냥하게 말하는 소리가 들렸다. 하지만 아버지는 아무 대답 없이 침묵을 지켰고, 누이동생은 아버지의 걱정을 덜어 주기 위해 여러 가지로 애를 쓰는 것 같았다. 누이동생이 "그럼 관리인을 보낼까요?"라고 묻자, 아버지는 마침내 참지 못하고 "그럴 필요 없다"라고 무겁게 입을 열어 일단락을 지었다. 그래서 '맥주' 이야기는 더 이상 계속되지 않았다.

사건이 일어난 첫날, 아버지는 어머니와 누이동생에게 집안의 재산 상태와 앞으로의 일에 대해 이미 상세하게 설명했다. 아버지는 때때로 의자에서 일어나 작은 금고 속에서 증서라든가 장부 따위를 꺼내 와 보여 주기도 했다. 그 금고는 5년 전에 사업에 실패하여 파산했을 때 간신히 건진 물건인데, 아버지가 그 복잡한 자물쇠를 열고서 물건을 꺼낸 다음 다시 잠그는 소리가 간간이 들려왔다.

아버지가 재산을 비롯한 집안 사정에 대해 설명하는 것은, 어떤 면에 있어서는 그레고르가 감금 생활을 시작한 이래 처음으로 듣는 기쁘고 반가운 이야기였다.

그레고르는 아버지의 사업이 파산 상태에 이르러서 아버지에게 돈이라곤 한 푼도 남아 있지 않으리라고 생각했었다. 적어도 아버지는 그에 대해서 그와 반대되는 말을 한 번도 한 적이 없었기 때문이다. 그래서 그레고르는 아버지에게 물어보지도 않았었다.

그 당시 그레고르가 느낀 심적 고통은 이만저만한 것이 아니었다. 그는 사업상의 불행으로 식구들이 절망적인 상황에 빠지는 일이 없게 하려고 애썼으며, 될 수 있는 대로 그 사실을 속히 잊어버리게 하려고 온갖 힘을 다 기울였다.

그래서 그는 당시에 아주 적극적이면서 열심히 일했으며, 그 결과 일개 점원에서 외무 사원으로까지 올라갔던 것이다. 외무 사원으로 일을 하다 보면 돈을 모을 수 있는 기회가 적지 않을 뿐 아니라, 일을 한 결과는 수수료 명목으로 즉시 현금으로 들어오곤 했다. 그 돈을 집으로 가져와서 탁자 위에 늘어놓고 식구들을 깜짝 놀라게도 하고 기쁘게도 해 줬다. 그때는 정말 남부럽지 않을 만큼 가족 모두가 행복해했다. 그 후에도 그레고르는 온 가족의 생활비를 부담할 만한 많은 돈을 벌었고 또 생계를 유지해 나갔지만, 식구들은 그때처럼 기뻐하거나 행복해하지는 않았다.

가족은 물론이고 그레고르 자신도 자신이 벌어 오는 돈으로 생활한다는 것에 익숙해져서인지, 식구들은 고마워하기는 했지만 당연하다는 듯이 돈을 받았고 그레고르도 기꺼이 돈을 내놓았다. 그러나 따스한 마음이 특별히 오고간 적은 없었다.

그러나 누이동생만은 아직도 그와 가깝게 지냈다. 그레고르와는 달리 그레테는 음악을 좋아했고, 사람의 마음을 움직일 수 있을 정도로 바이올린 연주를 잘했다. 그는 누이동생을 음악 학교에 보내 제대로 공부시키려는 계획을 은근히 마음속에 품고 있었다. 물론 많은 비용이 들겠지만, 그것은 크게 걱정하지 않아도 될 것 같았다. 그 비용쯤은 얼마든지 벌어서 충당할 수 있을 거라고 생각했다.

그레고르가 며칠간 집에 머물 경우, 누이동생하고 이런저런 대화를 하다 보면 종종 음악 학교 이야기가 나오기도 했다. 그러나 그것은 이루어질 수 없는 아름다운 꿈에 불과했다.

부모님은 누이동생의 순진무구한 말에 단 한 번도 귀 기울인 적이 없었다. 그러나 그레고르는 누이동생의 말을 귀담아 들으면서 그녀의 꿈을 이루어 주어야겠다고 결심했고, 크리스마스 이브에 자기 계획을 식구들에게 알려야겠다고 작정하고 있었다.

그레고르가 문에 붙어서 들려오는 소리에 귀를 기울이고 있는 동안, 현재의 자기 입장으로서는 아무 소용도 없는 이런저런 생각들이 마구 머릿속을 휘젓고 지나갔다.

그레고르는 온몸이 너무나 피곤해서 귀를 기울이는 것이 불가능할 정도였다. 그러다가 그는 머리를 문턱에 부딪치기도 했는데, 그럴 때면 아픈 머리를 꽉 움켜잡으며 문을 꼭 붙들곤 했다. 자칫 잘못해서 아무리 작은 소리라도 옆방에 있는 사람들에게 들리게 되면, 그들이 하던 얘기를 중단하고 일제히 침묵을 지키기 때문이었다.

그럴 때면 아버지는 문 쪽을 향해 "또 무슨 짓을 하는구나"라고 말한 다음에야 비로소 중단했던 이야기를 다시 이어 가기 시작했다.

그레고르는 그들이 주고받는 이야기를 확실히 들을 수 있었다. 왜냐하면 아버지는 자기가 한 이야기를 반복해서 말하는 습관이 있는 데다 이런 일에 대해 얘기해 본 지도 꽤 오래되었고, 게다가 무슨 말이든 첫마디에 바로 알아듣지 못하는 어머니 때문에 아버지가 설명을 되풀이했기 때문이다.

이 모든 불행에도 불구하고 옛날부터 가지고 있던 재산이 아직 조금은 남아 있으며, 그동안에 손도 대지 않고 내버려 둔 덕분에 이자가 붙어 재산이 약간 늘어나게 되었다는 사실을 아버지의 얘기를 통해 알 수 있었다. 그 밖에도 그레고르가 매달 집에 벌어 온 돈도 전부 써 버리지는 않아서 ― 그레고르는 자기 자신을 위해서는 최소한의 용돈밖에 쓰지 않았다 — 모인 돈이 제법 되었다.

그레고르는 문 뒤에 붙어 서서 고개를 끄덕이며 열심히 들었고, 전혀 기대하지 않았던 식구들의 신중함과 절약하는 마음씨가 느껴져 무척 기뻤다. 이런 여윳돈이 있다는 것을 알았더라면 사장에게 진 빚을 진작 갚았을 테고, 또한 지긋지긋한 직장도 벌써 그만두었을 것이다. 그러나 상황이 이렇게 되고 보니, 아버지의 처사가 집안의 행복을 위해 훨씬 나았다는 것은 의심할 여지가 없는 일이었다.

그러나 돈을 조금 모아 두었다고는 하지만, 그 이자로 가족 모두가 먹고살기에는 터무니없이 모자라는 금액이었다. 아마 1년, 오래가야 2년이나 살아 나갈까, 그 이상 버티기는 어려웠다. 즉, 그 돈은 만일의 경우에 대비해서 애당초 손을 대서는 안 되는 정도의 금액에 지나지 않았다. 그래서 누구든지 그레고르 대신에 생활비를 벌어 와야 할 형편이었다.

아버지는 몸은 건강하지만 이미 너무 늙어서 5년 동안이나 아무 일도 못 하고 있었고, 게다가 일을 하는 것에 대해 자신 있어 하지도 않았다. 아버지는 과거에 무척 고생을 한 데다 이렇다 할 만하게 이루어 놓은 것도 없었으며, 평생 처음으로 쉬게 된 최근 5년 동안은 빈둥거려서인지 살이 많이 쪄서 몸놀림이 둔해졌다.

어머니 역시 나이가 많이 들었을 뿐 아니라 천식까지 앓고 있어서 돈을 벌 처지가 못 되었다. 어머니는 집 안을 잠시만 돌아다녀도 힘들어했으며, 이틀에 한 번은 으레 호흡 곤란을 일으켜서 창문을 열어 놓고 소파 위에서 지내는 형편이었다.

그레테는 이제 겨우 열일곱 살로 어린애나 다름없었다. 그러니 그레테에게 의지하여 생활한다는 것은 불가능했다. 그레테가 이제까지 해 온 생활이란, 예쁘게 옷을 차려입고 놀러 다니거나 실컷 잠을 잔 다음 가끔 어머니가 하는 집안일을 도와주는 정도였다. 그런가 하면 값싼 공연을 보러 돌아다니는 것을 좋아했고, 무엇보다도 바이올린 연주하는 것을 즐겼다. 그런 그레테가 돈을 번다는 것을 어떻게 기대할 수 있단 말인가.

그러니 생활비를 제대로 벌어들일 만한 사람은 아주 없는 것이나 마찬가지였다.

옆방에서 돈이 필요하다는 이야기가 나올 때마다 그레고르는 창가에 있는 차가운 가죽 소파 위로 몸을 던졌다. 너무나 부끄럽고 서글퍼서 몸이 후끈 달았기 때문이다.

그는 종종 소파 위에 누워서 잠을 이루지 못하고 밤새도록 가죽만 쥐어뜯었다. 때로는 힘든 줄도 모르고 의자 하나를 창가로 밀어다 놓은 다음 창턱으로 기어올라 창에 기대어, 전에 그가 창밖을 내다보며 느꼈던 해방감을 되씹어 보기도 했다.

날마다 그렇게 바라보고 있는데, 전에는 아침저녁으로 보이던 맞은편 병원을 끔찍하게 싫어했지만 이제는 그것도 더 이상 보이지 않았다. 그리고 만일 그가 한적하기는 하지만 어디까지나 도회지처럼 느껴지는 샬롯텐 거리에 살고 있다는 사실을 확실히 알지 못하고 있었더라면, 회색 하늘과 회색 대지가 서로 합쳐져서 지평선이 분간되지 않는 황야를 창에서 내다보고 있다고 생각했을는지도 모르겠다.

무슨 일에나 세심한 누이동생은 의자가 창가에 있는 것을 단지 두 번밖에는 발견하지 못했다. 그러나 누이동생은 방을 치우고 나면 번번이 의자를 창가에 밀어 놓았으며, 게다가 그때부터는 안쪽 창문까지도 열어 놓았다.

그레고르는 누이동생과 말을 할 수 있을 뿐 아니라 자기를 위해서 해 주는 모든 일에 대해서 누이동생에게 감사할 수만 있다면, 누이동생이 자신에게 베풀어 주는 모든 것을 훨씬 편한 마음으로 받아들일 수 있을 것 같았다. 그러나 그렇지 못했기 때문에 그레고르는 몹시 괴로웠다.

물론 누이동생은 될 수 있으면 불쾌한 기분을 모두 씻어 버리려고 애를 썼다. 시일이 오래 지날수록 누이동생도 점점 나아졌다. 그리고 그레고르도 시간이 경과함에 따라서 모든 일을 훨씬 정확하게 관찰하게 되었다.

그러나 이제는 누이동생이 들어오기만 해도 그는 소름이 쫙 끼쳤다. 그전 같으면 그레고르의 방을 아무에게도 보이지 않으려고 온갖 신경을 다 쓰던 누이동생이 이제는 방 안에 들어서면 곧장 창가로 뛰어가서 마치 숨이 막혀 답답해 죽겠다는 듯이 성급히 창문을 열어젖혔다. 그런 다음 아무리 추운 날이라 할지라도 창가에 서서 잠깐씩이라도 심호흡을 하곤 했다. 이렇게 뛰어다니거나 수선과 소란을 피우는 등으로 누이동생은 하루에 두 번씩 그레고르를 놀라게 했다.

그레테가 방 안에 있는 동안 그레고르는 계속 소파 밑에서 웅크린 채 떨어야 했다. 물론 그레테가 자기가 거처하는 이 방 안에서 창문을 닫은 채 있을 수만 있다면, 자기를 이런 일로 괴롭히지는 않았을 것임을 그레고르도 잘 알고 있었다.

*

그레고르가 변신한 지 한 달이 지난 어느 날이었다. 그동안 그의 식사 시중을 들고 가끔 방 청소를 해 준 것은 그레테였다. 이제 그레테는 그레고르의 모습을 보고 놀랄 아무런 이유가 없었다. 그런데도 언젠가 그레테가 다른 때보다 일찍 그레고르의 방에 들어왔다가, 그가 창밖을 내다보고 있는 모습을 보고는 까무러치게 놀라면서 뒤로 물러서 나가 버렸다.

그레고르는 자기가 창가에 서 있으면 누이동생이 창문을 열 때 방해가 되기 때문에, 설사 누이동생이 방 안에 들어오지 않았다 하더라도 그다지 이상하게 여기지는 않았을 것이다. 그러나 누이동생은 들어오지 않았을 뿐더러 뒤로 물러서면서 문을 닫아 버렸다.

모르는 사람은 아마도 그레고르가 누이동생을 기다리고 있다가 물어뜯으려 했을 것이라고 생각할는지도 모른다. 물론 그레고르는 곧 소파 밑에 숨어 버렸다.

그러나 누이동생은 아무리 기다려도 점심때까지 나타나지 않았다. 그리고 점심때가 지나 나타난 누이동생은 다른 때보다 훨씬 불안스럽게 보였다. 그레고르의 추한 꼴을 본다는 것이 누이동생으로서는 여전히 참을 수 없는 일이며, 앞으로도 그럴 것이라고 그는 누이동생의 태도를 보고 짐작할 수 있었다.

소파 밑으로 불쑥 나와 있는 자기 몸뚱이의 일부를 힐끗 보고도 도망치지 않는 것은 누이동생이 어지간히 참고 있는 것이라고 그는 생각했다. 누이동생에게 이러한 자기 모습을 보여주지 않으려고, 그는 어느 날 등에다가 — 이 일에 네 시간이나 걸렸

지만—마로 된 홑이불을 지고 소파 위에 날라다 놓은 다음, 자기 몸이 다 가려질 수 있도록 홑이불을 정돈했다. 그리하여 누이동생이 아무리 몸을 굽히고 들여다본다 해도 보이지 않도록 꾸며 놓았다.

만일 홑이불을 뒤집어쓰는 것이 쓸데없는 일이라고 생각했다면 그때 누이동생은 걷어치울 수도 있었을 것이다. 왜냐하면 그레고르가 재미 삼아 몸을 숨기는 것이 아니라는 것쯤은 누이동생도 잘 알고 있기 때문이다. 누이동생은 홑이불을 먼저 놓인 대로 내버려 두었다.

한번은 누이동생이 이 새로운 설비를 어떻게 생각하나 살피려고 머리로 홑이불을 약간 쳐들고 보았는데, 누이동생이 고마워하는 듯한 눈길로 힐끗 자기를 쳐다보는 것처럼 느껴졌다.

처음 두 주일 동안, 부모님은 감히 그레고르의 방에 들어오지 못했다. 그러나 이제 와서는 누이동생이 하고 있는 일에 대해 부모님이 칭찬하는 소리가 종종 들리곤 했다. 그들은 이제까지 누이동생을 크게 도움이 되는 딸이라고 생각지 않았기에 누이동생에게 화를 자주 냈었다. 하지만 이제는 누이동생이 하는 일을 완전히 인정하고 있었다.

그레테가 그레고르의 방 안에서 청소를 하는 동안에 아버지와 어머니는 방 앞에서 기다리고 있었다. 그러다가 그레테가 방에서 나오기 무섭게 방 안이 어떤지, 다소 나아지는 조짐이 보이는지 등을 묻곤 했다. 그러면 누이동생은 부모님이 궁금해하는 점을 아주 작은 것까지 상세히 설명해 주곤 했다.

그러던 어느 날 어머니가 아들의 방에 들어가 보겠다고 처음으로 말하자, 아버지와 그레테는 합당한 이유를 내세우며 한사코 말렸다. 그 이유를 그레고르도 주의 깊게 듣고 있었는데, 그는 아버지와 누이의 의견이 지당하다고 생각되었다.

그러나 어머니가 끝내 고집을 부리자, 그들은 어머니를 억지로 붙들었다. 그러자 어머니가 큰 소리로 외쳤다.

"그레고르에게 가 보겠어요. 누가 뭐라 해도 그 애는 불쌍한 내 아들이에요. 가 봐야 되는 것 아니에요? 그런데 도대체 왜 이렇게 말리는 거예요?"

그레고르는 그 소리를 듣자, 어머니가 자신의 방에 매일이 아니더라도 일주일에 한 번만이라도 들어와 준다면 정말 좋겠다고 생각했다. 누가 뭐라고 해도 어머니는 이 모든 일을 훨씬 더 잘 이해하리라고 여겼기 때문이다.

그에 비해 누이동생은 대담하기는 하지만 아직도 어린애였는데, 아마도 어린애다운 가벼운 마음으로 이런 힘든 일을 맡게 된 것이 분명해 보였다.

어머니를 보고 싶어 하는 그레고르의 소원은 곧 이루어지는 듯했다.

그레고르는 낮에는 부모님을 염려해서 창가에 모습을 드러내지 않았다. 그러나 이삼 평방미터밖에 되지 않는 방바닥을 기어 다녀 봤자 별 수 없었고, 한밤중에도 가만히 누워 있는 것이 너무나 괴로웠다.

식사에 대해서도 흥미를 잃어버렸기 때문에 그는 끊임없이 벽이나 천장을 좌로 우로, 그리고 위아래로 기어 다니면서 기분을 바꿔 보려고 애를 썼다. 그는 특히 천장에 대롱대롱 매달리는 것을 좋아했다. 그건 방바닥에 누워 있는 것과는 전혀 다른 기분이었다. 숨도 자유로이 쉴 수 있었고, 가벼운 진동이 온몸에 퍼져 기분이 좋아졌다.

그레고르는 천장에 매달린 채 매우 흐뭇한 기분에 빠져서 방심하고 있다가 잘못 움직여서 방바닥에 '철썩' 하고 떨어진 적도 있었다. 그럴 때면 정신이 번쩍 들 정도로 깜짝 놀라기도 했지만, 이제는 전과는 달리 자기 몸을 자유자재로 움직였기 때문에 이처럼 높은 곳에서 떨어져도 다치는 일은 거의 없었다.

그레테는 그레고르가 혼자서 생각해 낸 이 새로운 취미를 곧 알아챘다. ― 그는 기어 다닐 때 여기저기에 점액이 묻은 찐득찐득한 발자국을 남겨 놓았다 ― 그래서 그레테는 그레고르가 될 수 있는 대로 넓은 데서 자유롭게 기어 다닐 수 있도록 하기 위해, 그가 여기저기 찐득찐득한 점액 자국을 남겨 놓은 가구들을 치워 버리기로 마음먹었다.

그러나 이런 일을 그레테 혼자서는 할 수 없었다. 아버지에게는 도와달라는 말을 도저히 할 수 없었고, 사실 하녀도 자기를 도와줄 것 같지 않았다. 열여섯 살 먹은 이 하녀는 전에 있던 하녀가 나간 후로 모든 집안일을 도맡아 하기 때문에 무척 힘들어했다. 게다가 부엌을 꼭 잠가 두고, 다만 일이 있어서 주인이 부를 때만 문을 열겠다고 미리 허가를 받아 놓은 상황이었다. 그래서 아버지가 계시지 않은 어느 날 어머니를 불러오는 수밖에 딴 방법이 없었다.

어머니는 아들을 만나리란 생각에 기뻐 어쩔 줄 몰라 하며 달려왔다. 그러나 그레고르의 방 앞에서는 입을 꼭 다물었다. 물론 누이동생은 방 안에 있는 모든 것이 제대로 정돈되어 있는지를 살펴본 다음 어머니를 방 안으로 안내했다.

하지만 그레고르는 자신의 달라진 모습을 어머니에게 차마 보일 수가 없어서 소파 위의 홑이불 속에 몸을 꼭꼭 감추었다. 더 심하게 주름을 지어 보였기 때문에, 사실 그 홑이불 전체가 단지 우연하게 소파 위에 던져져 있었던 것처럼 보였다.

그레고르는 홑이불 밑에서 내다보고 싶은 충동을 꾹 참았다. 어머니의 얼굴이 너무나 보고 싶었으나 이내 단념하고, 다만 어머니가 와 준 것만으로도 위안을 삼으며 기뻐할 따름이었다.

"어머니, 들어오세요. 그런데 오빠가 보이지 않아요."

누이동생이 이렇게 말했다. 분명히 어머니의 손을 잡아 방 안으로 끌어들이는 모양이었다.

그레테를 뒤따라온 어머니 역시 얼마 전부터 아들의 방에 와보고 싶어 했으면서도, 막상 아들의 모습을 볼 용기가 나지 않는 모양이었다.

두 연약한 여자가 그 무거운 옷장을 이제까지 놓였던 자리에서 밀어 옮기는 소리가 들렸다. 그레테가 대부분의 일을 도맡아하자, 어머니는 너무 무리해서는 안 된다고 몇 번이나 주의를 주었다. 그렇지만 그레테는 어머니가 염려하는 말을 잘 듣지 않는 것 같았다.

어머니와 그레테는 무척 조심스럽게 일을 했다. 15분이나 일을 계속하고 나서 어머니가 말했다.

"이 옷장은 여기 그대로 두는 것이 좋을 것 같구나. 너무 무거워서 시간이 오래 걸릴 것 같아. 그리고 이 옷장을 방 한가운데 놓아두면 그레고르가 다니는 데 거치적거려서 방해가 될 것이고, 가구를 모두 치워 버렸다고 해서 과연 그레고르가 좋아할지도 모르는 일이잖니……. 차라리 그 전대로 놓아두는 것이 더 나을지도 모르겠다. 옷장을 치운 뒤 텅 빈 벽을 보니 어쩐지 마음이 몹시 허전하구나. 이 가구들에 오랫동안 정이 들어서, 방 안이 텅 비게 되면 그레고르도 틀림없이 쓸쓸해할 거야.”

어머니는 속삭이듯 나직한 목소리로 말했다. 그레고르가 어디 있는지 모르지만, 자기 목소리가 들리지나 않을까 염려하는 것처럼 속삭였다. 하지만 어머니는 그가 설마 사람의 목소리를 알아들을 수 있으리라고는 꿈에도 생각하지 못하는 것 같았다.

“그러니 가구를 치워 버리면 우리는 그 애의 병세가 나아진다는 것을 완전히 단념하고, 그 애를 돌봐 주지도 않고 혼자 내버려 두는 셈이 되지 않니? 방은 전과 같은 상태로 놓아두는 것이 좋을 것 같은데 네 생각은 어떠냐? 그러면 그레고르가 병이 다 나아서 사람으로 되돌아왔을 때, 방 안이 전과 달라지지 않았으면 그동안의 일을 잊어버리는 것이 훨씬 쉽지 않겠니.”

그레고르는 어머니의 이러한 말을 들었을 때, 자기가 직접 사람의 말을 하지 못하고 식구들 사이에서 단순하고 지루한 생활에 얽매여 지내는 두 달 동안에 틀림없이 머리가 이상해졌다는 것을 깨달았다. 왜냐하면 방이 비워지기를 진심으로 바란다는 것은, 머리가 이상해졌다고밖에 달리 설명할 도리가 없었기 때문이다.

가구가 다 없어져서 방 안이 텅 비게 된다면 기어 다니기는 훨씬 좋을 것이다. 하지만 인간이었던 내 과거를 다 잊어버리게 될지도 모르는 일이었다. 대대로 물려받은 가구가 기분 좋게 놓여 있는 내 방을 어떻게 동굴로 변하게 할 수 있단 말인가? 사실 지금 나는 내 과거를 거의 잊어버리게 되지 않았는가? 다만 오랫동안 듣지 못했던 어머니의 목소리가 내 마음을 뒤흔들어 놓고 있는 것이 아닌가.

역시 하나도 치워서는 안 되는 일이었다. 그 모든 것은 다 그대로 있어야 했다. 그리고 가구가 있기 때문에 쓸데없이 기어다닐 때 방해가 된다 하더라도, 결국 그것은 나에게 이익이 되는 일이지 해가 되는 일은 아닐 것이다.

그러나 그레테의 생각은 그렇지 않은 것 같아 조금 섭섭했다. 그레고르의 문제가 논의될 때 누이동생은 으레 소식통으로 간주되었으며, 사실 그의 사정을 부모님보다 훨씬 많이 알고 있었던 것이다.

처음에 그레테는 옷장과 책상만 치워 버리려고 생각했지만, 어머니의 충고를 듣고 나서 없어서는 안 될 소파를 제외한 나머지 가구를 모조리 치워 버리자고 고집을 부렸다. 그렇게 고집을 부린 데는 나름대로 충분한 이유가 있었다.

누이동생이 이렇게 요구하고 주장을 내세우게 된 것은, 어린 아이다운 반항심이나 요즘같이 어려운 상황에서 자기도 모르게 갖게 된 뜻밖의 자부심 탓만은 아니었다. 누이동생은, 그레고르가 기어 다니려면 넓은 장소가 필요한 데다 누가 보아도 인정할 수밖에 없는 사실이듯 가구들이 전혀 소용없다는 것을 너무나 잘 알고 있었기 때문이다.

어쩌면 그 나이의 소녀들이 가질 수 있는, 어떤 일에 대한 열정도 한몫했을 것이다. 그러한 열정은 기회가 있을 때마다 그것을 충족시키기 위해 최선을 다하며, 이번에도 그레테를 유혹하여 지금까지보다 더 그를 위한다는 명분으로 그레고르의 입장을 한층 더 비참하게 만들려고 하는 것이었다. 왜냐하면 텅 빈 방에 그레고르가 혼자 덩그마니 있다면 그레테 이외에는 아무도 감히 그의 방으로 들어오려는 사람이 없을 것이기 때문이었다.

그레테는 어머니의 충고로 자기 결심을 바꾸지는 않았다. 어머니는 이 방 안에 있는 것만으로도 어쩐지 불안스럽게 보였다. 어머니는 이내 입을 다물고 아무 말도 하지 않더니, 누이동생을 도와 옷장과 책상을 밖으로 끌어내기 시작했다.

그레고르는 방 안의 자기 물건들을 몽땅 빼앗길 수는 없다고 생각했다. 그는 두 사람이 책상을 끌고 나간 사이에 얼른 소파 밖으로 머리를 내밀었다. 그리고 어떻게 하면 자기가 신중하고 조심스럽게 일에 간섭할 수 있을까를 생각하면서 주위를 살펴보았다.

그러나 불행하게도 어머니가 맨 먼저 방으로 돌아왔다. 그레테는 혼자 옆방에서 옷장을 붙들고 이리저리 흔들고 있었다. 그렇지만 옷장을 옮기지는 못했다.

어머니는 그레고르의 모습을 제대로 본 일이 없기 때문에 하마터면 놀라서 넘어질 뻔했다. 당황한 그는 재빨리 소파의 다른 편 모퉁이로 뒷걸음질 쳤으나, 그때 어쩔 수 없이 홑이불 앞쪽이 약간 움직였다. 그것만으로도 어머니의 주의를 돌리기에 충분했다. 어머니는 그걸 보고서 멈칫하더니, 가만히 서 있다가 순간 갈피를 잡지 못하고 옆방의 그레테에게 달려갔다.

그레고르는 별다른 일이 생긴 것이 아니라 단지 가구를 두서너 개 옮길 뿐이라고 몇 번이고 자기 자신을 타일렀다. 그럼에도 불구하고 두 여자가 드나드는 소리와 나직하게 부르는 소리, 마룻바닥에서 가구가 직직 끌리는 소리가 섞여서 — 곧 그레고르 자신도 인정하지 않으면 안 되었던 것처럼 — 마치 사방에서 커다란 소동이 밀어닥치는 것처럼 느껴져 몹시 두려웠다.

그레고르는 머리와 발을 최대한 움츠리고 몸을 마룻바닥에 꼭 붙이고 있었으나, 드디어 더 이상 참을 수 없다고 비명을 질러야만 하는 상황이 닥쳤다. 그들이 그레고르의 방을 완전히 비우려 하기 때문이었다. 그들은 그가 좋아하는 모든 것을 빼앗아 가고 있었던 것이다.

그들은 수공용 실톱과 그 밖의 많은 도구가 들어 있는 옷장을 벌써 밖으로 내놓았다. 다음으로 마룻바닥에 붙박여 있는 책상을 내가기 위해 흔들고 있었다. — 그는 그 책상에서 상업 학교 학생으로서 공부했을 뿐 아니라, 그보다 훨씬 전인 초등학교와 중학교 시절에도 그 책상에서 숙제를 했었다 — 사태가 이쯤 되고 보니, 그의 입장에서는 두 여자가 가지고 있는 좋은 의도를 시험해 볼 만한 여유가 조금도 없었다. 사실, 그들이 그 자리에 있는 것조차 잊어버리고 있을 정도였다. 이미 지칠 대로 지친 두 여자는 아무 말 없이 일에만 열중하고 있었기 때문에 그들이 무겁게 구르는 발걸음 소리만 들릴 뿐이었다.

그는 후딱 소파 밖으로 기어 나왔다. — 어머니와 누이동생은 마침 숨을 돌리기 위해 옆방에서 책상에 기대고 있었다 — 우선 어디로 갈까 망설이면서 네 번이나 기어가는 방향을 바꿨다. 사실 무엇을 먼저 남겨 놓아야 할는지는 자기도 분간할 수 없었다.

그때 온통 털가죽으로 몸을 싼 뚱뚱한 여자 그림 하나가 걸려 있는 것이 유난히 눈에 띄었다. 그는 재빨리 기어 올라가서 액자의 유리 위에 몸을 찰싹 붙였다. 후끈거리던 배가 시원해서 기분이 좋았다. 그는 다른 건 다 빼앗겨도 이 그림만은 절대로 빼앗기지 않을 생각이었다.

그는 어머니와 그레테가 돌아오는 것을 살피기 위해 거실로 통하는 응접실 문 쪽으로 머리를 돌렸다. 그들은 오래 기다릴 사이도 없이 곧 방으로 돌아왔다.

"자, 이번엔 무엇을 내갈까요?"

그레테가 어머니를 한 팔로 껴안고 서서 방 안을 두리번거리며 말했다. 그때 그레테의 눈과 벽에 붙어 있던 그레고르의 눈이 마주쳤다. 그레테는 어머니가 바로 옆에 있었기 때문인지, 자신의 감정을 억제하려 애쓰는 것 같았다. 누이동생은 어머니가 주위를 돌아볼 수 없도록 고개를 어머니에게로 수그린 채, 온몸을 떨면서 당황한 목소리로 말했다.

"어머니, 잠깐만 안방으로 가 계세요."

그레테의 의도가 어머니를 안전하게 모셔다 놓고 자기를 벽에서 쫓아내려고 하는 것임을 그레고르는 잘 알고 있었다. 자아, 어디 마음대로 해 보라지! 그레고르는 그림을 내주지 않기 위해 그림 위에 더욱 꼭 달라붙어 있었다. 그럼에도 그림을 내가려고 하면 그레테의 얼굴로 뛰어내리겠다고 그는 작정했다.

그러나 그레테의 말은 도리어 어머니의 마음을 불안하게 했다. 어머니는 방 안을 휙 둘러보다가 곧 꽃무늬 벽지 위에 커다랗고 누런 반점이 묻어 있는 것을 발견했다. 그리곤 그것이 그레고르라는 것을 확실히 깨닫기도 전에 거칠고 날카로운 비명을 질렀다.

"오, 하느님! 하느님 맙소사!"

절망한 듯이 두 팔을 쫙 벌리며 소파 위에 쓰러진 어머니는 그만 꼼짝달싹하지 못했다.

"어머나, 오빠!"

그레테는 주먹을 쥔 채 그레고르를 날카로운 눈초리로 쏘아보면서 악을 썼다. 이 말은 그레고르의 몸이 바뀐 이래 누이동생이 그에게 직접 말한 첫마디였다.

그레테는 어머니가 정신을 차리게 하려고 약을 가지러 옆방으로 뛰어갔다. 그레고르는 예전처럼 그레테를 도와주며 어떤 충고라도 해 주고 싶었다. — 그림은 아직까지는 안전했다 — 그러나 그는 유리에 찰싹 붙어 있었기 때문에 억지로라도 몸을 떨어지게 하지 않으면 안 되었다. 그러고 나서 자기도 옆방으로 부리나케 기어갔다.

그러나 막상 따라가긴 했지만 충고를 하기는커녕 그레테 뒤에 우두커니 서 있을 수밖에 없었다. 그런데 여러 가지 약병을 살펴보다가 무심코 뒤를 돌아다본 그레테가 또 한 번 깜짝 놀라는 바람에, 손에 들고 있던 약병이 바닥으로 떨어져 산산조각 나고 말았다. 깨뜨려진 조각 중 하나가 그레고르의 얼굴에 상처를 입혔다. 어떤 부식제 같은 약물이 그의 몸을 적시며 흘러내렸다.

그러나 여러 가지 약병을 챙긴 그레테는 조금도 망설이지 않고 어머니에게로 달려갔다. 그러면서 문을 발로 세게 밀어 닫아 버렸다.

그리하여 그레고르는 어머니로부터 완전히 격리되고 말았다. 어머니는 아마도 아직까지 정신을 차리지 못하는 것 같았다.

그레고르가 문을 열어서는 안 되는 상황이었으며, 그레테는 어머니 옆에 꼭 붙어 있어야만 했다. 자기가 들어감으로써 누이동생을 방 밖으로 내보내고 싶지는 않았다. 결국 이럴 수도 저럴 수도 없게 된 그레고르는 그대로 기다리는 수밖에 다른 도리가 없었다.

그레고르는 벽과 가구와 천장을 이리저리 기어 다녔다. 자기가 저지른 잘못이 무엇인지를 알기 때문에 걱정과 가책으로 머릿속이 어지럽더니만, 급기야는 현기증이 밀려와 큰 책상 위에 보기 좋게 떨어지고 말았다.

잠시 동안 시간이 흘렀다. 그레고르는 힘없이 가만히 누워 있었다. 주위는 고요했다. 아마도 좋은 징조일 것이다. 그때 초인종이 울렸다. 물론 하녀는 부엌에 틀어박혀 있었기 때문에 그레테가 문을 열기 위해 나가야 했다. 아버지가 돌아온 것이다.

"무슨 일 있었니?"

이것이 집 안에 들어선 아버지의 첫마디였다.

하지만 아버지는 그레테의 표정을 보고 모든 것을 알아챈 것 같았다.

"어머니가 기절하셨어요. 그러나 이젠 괜찮아요. 글쎄, 오빠가 기어 나와 있었지 뭐예요."

"내 그럴 줄 알았다. 내가 조심하라고 늘 말하지 않더냐. 그래도 엄마와 너는 통 들을 생각을 하지 않더니만, 결국 일을 당하고 말았구나."

그레고르는, 아버지가 그레테로부터 짤막한 몇 마디 말만 듣고서 자신이 난폭한 짓을 저질렀다고 오해하였음을 확실히 알아차릴 수 있었다. 그래서 그레고르는 우선 아버지의 마음을 가라앉히려는 시도를 해 보았다. 아무튼 아버지에게 사정을 설명할 시간적 여유는 물론이고 그런 가능성조차 없었기 때문이다.

그래서 그는 자기 방 쪽으로 재빨리 달려가서 우선 문에다 몸을 착 붙이고 있었다. 그러면 아버지가 현관방에서 이곳으로 들어왔을 때 그레고르를 발견하고는, 그가 자기 방으로 곧 돌아가려 한다는 것을 알아챌 것이라고 생각했다. 그리하여 아버지는 그를 쫓아내지 않고, 그가 방으로 들어갈 수 있도록 문을 열어 주기만 하면 된다고 생각하기를 그레고르는 간절히 바랐다.

그러나 아버지는 그레고르가 갖고 있는 이렇게 미묘한 생각을 알아차릴 수 있는 상태가 아니었다.

아버지는 방 안에 들어서자마자 약간 격분한 것 같으면서도 기뻐하는 듯한 목소리로 짧은 탄성을 토해 냈다.

"오!"

그 소리에 그레고르는 머리를 돌려 아버지를 쳐다보았다. 그러고는 깜짝 놀랐다. 그럴 수밖에 없는 것이, 지금 자기 앞에 서 있는 아버지는 이제껏 상상조차 해 본 적이 없는 모습을 하고 있었다. 특히 최근 들어서는 기어 다니느라 정신이 없어서 예전처럼 집 안에서 일어나는 사건에 대해 관심 가질 겨를이 없었다. 게다가 전과 다른 사정에 부딪혀도 그리 당황하거나 놀라지 않을 만큼 상황에 제법 적응하고 있었다.

그럼에도 불구하고 지금 아버지의 모습은 상당히 의외였다. 전에 그레고르가 회사 일로 출장을 떠날 때 보았던, 피곤해하면서 자리에만 줄곧 누워 있던 아버지의 모습이 아니었다. 또 그가 저녁에 집에 돌아왔을 때, 잠옷을 입은 채 소파에 앉아서 자기를 맞아 주던 그런 모습도 아니었다. 그때의 아버지는 일어나는 것이 힘들어서 반갑다는 표시로 두 팔을 쳐드는 것이 고작일 뿐이었다.

일 년에 두서너 번씩 일요일이나 축제일에 어쩌다가 가족과 함께 산책을 할 때면 그렇지 않아도 걸음이 느린 그레고르와 어머니 사이에 끼어서 그보다 더 느린 속도로 발걸음을 옮기곤 하던 아버지였다. 그때 그는 낡은 외투로 몸을 감싼 채 조심스럽게 지팡이를 짚으며 걸어갔고, 어떤 말이라도 하려면 걸음을 멈춘 다음 함께 따라가는 식구들을 자기 가까이로 불러 모으곤 했었다. 그런데 그러던 아버지가 바로 이분이란 말인가?

아버지는 지금 금 단추가 달린 푸른빛 제복을 입고 꼿꼿이 서 있었다. 모자에 금실로 큰 글자가 새겨진 것으로 보아, 생활비를 벌기 위해 은행 수위로 일하거나 아니면 사환이 된 것이 분명해 보였다.

윗도리의 높고 빳빳한 칼라 위로 그의 강한 이중 턱이 삐죽이 나와 있었으며, 총총하고 짙은 눈썹 밑의 검은 눈동자가 생기 있고 조심스럽게 빛났다. 전에는 흰 머리털이 마구 헝클어져 텁수룩했는데, 지금은 가르마를 타서 단정히 빗어 내린 머리칼에 윤기가 번지르르하게 흘렀다.

아버지는 못마땅하다는 듯이 노란 금실로 수가 놓인 모자를 소파 위로 내던졌다. 아버지는 커다란 제복 윗도리의 옷자락을 활짝 뒤로 젖힌 채 두 손을 바지 주머니에 넣고 잠시 왔다 갔다 하더니, 뭔가 못마땅한 것이 있는 듯 우거지상을 하고 그레고르를 향해 걸어왔다.

그러나 아버지는 자기 자신도 무얼 어떻게 하려는지 모르는 듯한 표정이었다. 어쨌든 그는 여느 때와 달리 발을 번쩍번쩍 들며 그를 향해 다가왔다. 그레고르는 아버지가 신은 넓은 장화 바닥을 보고 잔뜩 겁을 먹었다. 그러나 그레고르는 가만히 있지만은 않았다. 그는 자기의 새 생활이 시작된 첫날부터 아버지가 자기를 지나칠 만큼 엄격하게 대하려 한다는 사실을 잘 알고 있었기 때문이다.

그래서 그는 아버지가 다가오면 쫓기듯이 달아났으며, 아버지가 걸음을 멈추면 자기도 멈췄다. 그러다가 아버지가 다시 움직이는 기색을 보이면 그 역시도 앞으로 피해 달아났다. 이렇게 그들은 별다른 소동도 일으키지 않은 채 벌써 몇 번이나 방 안을 빙빙 돌아다녔다. 그러나 동작이 느렸기 때문에 겉으로는 쫓고 쫓기는 것처럼 보이지 않았다.

만일 벽이나 천장으로 도망을 치면 특별한 악의를 갖고 그런 행동을 했다고 아버지에게 오해받을까 봐 두려워서 그는 잠시 마룻바닥에 머물러 있기도 했다. 어쨌든 그레고르는 이렇게 기어 다니는 것이 오래 지속되지 못하리라고 생각했다. 아버지가 한 걸음 옮겨 놓는 동안에 그는 무수히 바쁘게 움직여야만 했기 때문이다. 이미 숨이 가빠 오는 것이 느껴질 정도였다.

그가 벌레로 변신되기 전에 사람이었을 때도 그리 튼튼한 폐를 가지고 있지 못했으므로 이렇게 숨이 차는 것도 무리는 아니었다. 안간힘을 다해 기어 다니면서 비틀거리다 보니 눈도 제대로 뜨지 못할 지경이 되어 버렸다. 띵하니 정신이 흐려져서, 이제는 마룻바닥을 기어서 도망치는 수밖에 다른 도리가 없는 것 같았다. 물론 자유롭게 벽을 기어 올라갈 수도 있었지만, 너무나 경황이 없어서인지 그것조차 잊어버리고 있었다. 지난날에 이 방의 벽들은 톱니 모양의 뾰족한 장식으로 세밀하게 조각된 가구들로 온통 채워져 있었다.

그때 바로 옆에 무엇인가가 가볍게 던져져서 자기 앞으로 굴러왔는데, 그것은 사과였다. 계속해서 곧 두 번째 사과가 날아왔다. 그레고르는 겁에 질린 나머지 그만 그 자리에 발을 멈췄다. 앞으로 달아나도 별 소용이 없을 것 같았다. 아버지가 사과로 자기를 죽이려고 작정한 듯싶었기 때문이다.

아버지는 탁자 위에 있는 과일 접시에서 사과를 집어 주머니를 가득 채운 다음, 처음에는 겨누지도 않고 사과를 연달아서 마구 던졌다. 이 조그맣고 빨간 사과들은 전기 장치처럼 마루 위를 데굴데굴 굴러다니다가 서로 부딪치기도 했다.

그런데 살짝 던져진 사과 하나가 그레고르의 등을 스쳤는데, 다행히 빗나가서 크게 다치지는 않았다. 그러나 다음에 날아온 사과가 그레고르의 등에 박히고 말았다. 뜻밖에 심한 고통이 느껴졌지만, 자리를 옮기면 아픔이 가실 수도 있다는 생각이 들어 그레고르는 몸을 천천히 앞으로 밀고 나가려 했다. 그러나 사과가 꼼짝달싹하지 못하도록 단단하게 박힌 것처럼 느껴지면서 온몸의 힘이 쭉 빠져나가, 그 자리에서 그만 뻗어 버리고 말았다.

정신을 잃는 순간 자기 방의 문이 후다닥 열리는가 싶더니, 비명을 지르는 누이동생 앞으로 속옷 차림의 어머니가 뛰어나오는 것이 마지막으로 보였다. — 어머니가 기절했을 때 숨 쉬기 편하게 하기 위해서 누이동생이 어머니의 겉옷을 벗기고 옷을 헐렁하게 해 놓은 모양이었다 — 어머니가 숨을 내몰며 아버지에게로 달려온 것이었다. 그러는 도중에 치마와 속옷이 연달아 마룻바닥에 흘러내렸다. 비틀거리던 어머니는 흘러내린 옷들을 밟고서 필사적으로 달려 아버지 품을 파고들었다. — 그때 그레고르의 시력이 말을 듣지 않았기 때문에 그 이상 쳐다볼 수가 없었다 — 어머니는 아버지의 뒷머리에 손을 얹으며 그레고르의 목숨을 살려 달라고 애원하며 매달렸다.

3

　그레고르의 등에 박힌 사과는 그 자신도 꺼내지 못했고, 다른 누구도 꺼내 주지 않았다. 그로 인해 그는 한 달이 넘도록 고생했고, 그의 모습은 훨씬 더 비참하고 징그럽게 변해 버렸다.

　그러나 그레고르가 아무리 징그러운 모습을 하고 있을지라도 어디까지나 가족의 한 사람임에 틀림없었다. 따라서 식구들은 그를 원수처럼 대해서는 안 될 뿐 아니라, 그에 대해 불쾌한 감정이 있더라도 꾹 삼키고 참아야 했다. 아버지 역시 그것이 가족으로서 당연한 의무라 여기고, 자신의 행동에 대해 뼈저리게 반성하고 있는 것 같았다.

　부상을 입은 그레고르는 움직이는 것이 힘들었기 때문에 자기 방으로 건너가는 데도 무척 시간이 많이 걸렸다. 하물며 높이 기어 올라가는 일은 상상조차 하기 힘들었다. 하지만 이처럼 상태가 악화된 대신, 충분히 만족할 만한 보상을 받게 되었다는 생각이 들었다.

그 보상이라는 것은 매일 저녁 거실로 통하는 문이 잠깐씩 열렸는데, ─ 그레고르는 한 시간이나 두 시간 전부터 문이 열리기를 기다리며 그 문을 바라보고 있었다 ─ 그때 그레고르가 어두운 자기 방에 누워서 ─ 거실에서 이쪽은 잘 보이지 않았다 ─ 탁자 주위에 둘러앉은 가족을 바라보며 그들이 주고받는 이야기를 들을 수 있다는 것이었다.

물론 그전에 그레고르가 출장 중에 작은 호텔 방의 눅눅한 침대에 지칠 대로 지친 몸을 누이며 항상 그리워했던, 그런 활기 띤 분위기는 아니었다. 대개는 조용한 상태에서 나직나직하게 이야기를 주고받았다.

아버지는 저녁 식사를 하고 나면 곧 소파에 앉아 잠이 들었고, 어머니와 그레테는 서로 조용히 하라고 주의를 주었다. 어머니는 어느 양장점에서 받아 온 일을 하기 위해 불 밑에서 몸을 바짝 구부린 채 밤늦게까지 바느질을 했고, 점원으로 취직한 그레테는 앞으로 더 좋은 취직자리를 얻기 위해 속기와 프랑스어를 공부했다.

잠에 빠져 있던 아버지는 때때로 눈을 뜨며, 자신이 잠들었었다는 사실을 전혀 모르는 듯이 어머니에게 불쑥 한마디씩 던지곤 했다.

"뭘 그렇게 늦은 시간까지 꿰매고 있어?"

그렇게 말한 아버지는 이내 또 잠에 빠져들었고, 어머니와 누이동생은 피곤한 눈길로 마주보며 미소를 지어 보이곤 했다.

아버지는 집에 돌아와서도 제복을 벗지 않으려고 한사코 고집을 부렸다. 잠옷은 늘 옷걸이에 걸린 채로 있었으며, 아버지는 마치 언제라도 상관의 명령이 떨어지기만 하면 움직이겠다는 듯이 단정하게 제복을 입은 채 자기 자리에 앉아서 졸고 있었다. 때문에 처음 지급받을 때부터 새 옷이 아니었던 이 제복은 어머니와 누이동생이 늘 조심해서 다뤘는데도 점점 더러워졌다.

늘 닦아서 번쩍거리는 누런 금단추가 달려 있지만 더럽기가 이루 말할 수 없는 아버지의 제복을 그레고르는 밤새도록 쳐다보곤 했다. 아버지는 아무렇지 않다는 듯이 곤하게 잠들어 있지만, 사실 이런 제복을 입은 늙은 아버지의 모습이 그레고르의 눈에는 매우 거북하게 보였다.

시계가 열 시를 치면 어머니는 나직한 목소리로 아버지를 깨우며 침대로 가서 자라고 권하곤 했다. 아침 여섯 시에 출근하려면 충분한 휴식이 필요하기 때문이다. 그러나 아버지는 수위가 된 다음부터 소파에 좀 더 오래 앉아 있겠다고 떼를 쓰면서 고집 부리는 일이 많아졌다. 그래서 침대로 가서 잠을 자도록 하는 일이 여간 힘들지 않았다.

어머니와 누이동생이 아무리 졸라 대도 아버지는 눈을 지그시 감은 채 느릿느릿 머리를 흔들기만 할 뿐 도무지 일어서려고 하질 않았다. 어머니가 아버지의 소매를 잡아당기며 비위 맞춰 주는 말을 하기도 하고 누이동생이 어머니를 거들기도 했지만, 아버지에게 전혀 먹혀들질 않았다. 아버지는 점점 더 소파 깊숙이 파묻혀 잠으로 빠져들기 일쑤였다.

어머니와 누이동생이 손을 겨드랑이 밑으로 넣어 들어 올리면, 그때서야 비로소 눈을 뜬 아버지는 어머니와 누이동생을 번갈아 쳐다보며 이렇게 중얼거리곤 했다.

"이거야말로 진짜 인생이다. 그래, 늙은 나의 안식이란 것이 요 모양 요 꼴이란 말이다!"

그러고 나서 어머니와 그레테의 부축을 받으며 마지못해 일어나기는 하지만, 아버지 스스로가 자신의 몸이 무겁게 느껴지는 모양이었다. 어머니와 그레테에게 이끌려 침실 가까이 가면 그때서야 이제는 됐다는 듯이 머리를 끄덕이며 혼자서 침대로 걸어갔다.

어머니와 누이동생은 각각 하던 바느질과 공부를 집어던지고 아버지 뒤를 쫓아가서 부축해 주는 것이 하루 일과처럼 되어 버렸다.

식구들이 이렇듯 많은 일에 시달리고 지쳐 있는데, 그들 중 누가 그레고르를 제대로 돌봐 줄 수 있단 말인가.

궁색한 집안 살림은 점점 줄어들기 시작하여 하녀까지도 내보냈다. 대신에 흐트러진 은백색 머리를 나부끼는 몸집 크고 뼈대 굵은 할멈이 아침저녁으로 드나들며 힘든 일을 거들어 주었다. 그 밖의 모든 일은 그렇게 바느질을 많이 하면서도 어머니가 도맡아서 해 나갔다.

게다가 어머니와 누이동생이 모임이 있을 때나 축제일에 즐겨 걸치던 여러 가지 장식품도 팔아 버려야만 했다. 그레고르는 저녁때 식구들이 모여서 무엇을 얼마에 팔 것인지 얘기하는 것을 듣고서야 이런 사정을 알게 되었다.

그러나 무엇보다도 지금 상태에서 가장 큰 걱정거리는 넓기만 한 이 집을 떠날 수 없다는 사실이었다. 이사를 하려고 해도 그레고르를 생각하면 엄두가 나지 않았기 때문이다.

그러나 그레고르는 단지 자기 걱정 때문에 이사를 망설이는 것이 아님을 잘 알고 있었다. 왜냐하면 자기 하나쯤은 알맞은 상자 속에 넣은 다음 공기가 통하도록 구멍 두서너 개만 뚫어

놓으면 쉽사리 운반할 수 있었기 때문이다.

집을 옮기지 못하는 가장 큰 이유는, 이제까지 친척이나 이웃 가운데서 아무도 겪어 본 일이 없는 비참한 불행을 당하고 있다는 피해 의식과 깊은 절망감이라고 할 수 있었다.

이 세상이 가난하고 불쌍한 사람들에게 요구하고 있는 것들을 그의 가족은 최대한도로 실천하고 있었다.

그레고르의 아버지는 하급 은행원에게까지 아침 식사를 날라다 주는 일을 했고, 어머니는 알지도 못하는 사람들의 옷을 바느질하느라 온갖 고생을 다했으며, 그레테는 손님들이 요구하는 대로 계산대 뒤에서 하루 종일 이리저리 뛰어다녀야만 했다. 그레고르의 가족은 그 이상으로 일할 기력이 없어 보였다.

밤이 되면 그레고르는 등허리의 상처가 새삼스럽게 아프게 느껴지기 시작했고, 어머니와 그레테는 아버지를 침대로 데려다 준 다음 거실로 돌아와서 하던 일을 마무리하곤 했다. 그리곤 서로 뺨이 닿을 정도로 바싹 붙어 앉아 있는 것이었다.

어머니가 그레고르의 방을 가리키며 그레테에게 말했다.

"얘야, 저 문을 닫아라!"

그러면 그레고르는 또다시 어둠 속에 혼자 남아 있게 되는 것이었다. 그럴 때면 두 여자는 눈물로 혹은 눈물을 흘리지 않더라도 혼이 나간 사람처럼 그레고르가 있는 방을 뚫어지게 바라보곤 했다.

　그레고르는 밤이나 낮이나 잠을 이루지 못하고 하루를 보냈다. 때때로 그는 다음에 문이 열리면 식구들의 여러 가지 일을 전과 같이 도맡아 하여 분위기를 화기애애하게 바꿔야겠다고 생각했다.

　그의 머릿속에는 오래간만에 또다시 ─ 사장과 지배인, 그리고 점원이나 견습생들, 또 우둔한 하인이나 다른 직장에서 일하고 있는 친구 두서너 명, 지방 호텔에서 방 청소를 하는 하녀, 즐거우면서도 허무했던 추억, 그가 마음속으로 사랑했으면서도 너무나 느리고 지루한 태도로 구혼했던 어느 모자 회사의 여자 회계원 ─ 이런 사람들의 모습이 전혀 낯선 사람이나 이미 다 잊어버린 사람의 모습과 뒤섞여서 자꾸만 떠올랐다.

　그러나 이런 사람들의 모습은 모두 자기와 가족을 도와주기는커녕 멀리 떨어져 있어서, 전혀 손이 미치지 못할 정도로 서먹서먹했다. 따라서 그들의 모습이 머릿속에서 사라지기를 은근히 바랐다.

　그런가 하면 어느 때는 가족을 전혀 걱정할 기분이 나지 않을 때도 있었다. 그럴 땐 식구들이 자기를 잘 돌보아 주지 않고 학대하는 데 대해서 그저 화가 날 뿐이었다.

　그는 어떤 음식이 입에 맞는지도 알 수 없었고 식욕도 전혀 나지 않았지만, 어떻게 해서든지 먹을 것이 잔뜩 쌓여 있는 창고로 기어가서 음식을 먹어 봐야겠다고 마음먹었다.

그러나 그레테는 무엇을 주면 그레고르가 즐거워할까에 대해서는 전혀 생각하지 않는 것 같았다. 그레테는 아침저녁으로 상점에 나가기 전에 아무거나 닥치는 대로 집어서 그레고르의 방 안에 발끝으로 밀어 넣었다. 그리고 저녁때가 되면 그렇게 밀어 넣어 준 음식을 조금 먹었거나 — 조금도 건드리지 않은 경우가 많았지만 — 또는 전혀 입을 대지 않은 것에 대해서 아랑곳하지 않는다는 듯이 서슴지 않고 빗자루로 쓸어내 버렸다.

그뿐 아니라 누이동생은 저녁때마다 해 주던 방 청소도 요즘 들어서는 되는 대로 아무렇게나 해치웠다. 때문에 더러운 자국이 벽에 그대로 남아 있는 것은 물론이고, 먼지와 쓰레기와 오물 덩어리가 여기저기 흩어져 있기 일쑤였다.

그레고르는 더러운 구석에 누워 있다가 누이동생이 들어오면 핀잔을 줄까 하고 마음먹은 적도 있었지만, 몇 주일이나 그런 곳에 누워 있다손 치더라도 누이동생의 태도가 좀처럼 달라질 것 같지 않아서 그만두었다. 그런데 누이동생도 자기와 마찬가지로 더러운 자국이나 오물을 빤히 바라보면서도 그냥 내버려 두기로 결심한 것처럼 보였다.

사실 그동안 식구들은 모두 신경과민에 걸려 있었다. 물론 그레테도 예외는 아니었다. 그레테는 그레고르의 방을 청소하는 것이 자기에게 맡겨진 특권이라 생각하고, 그답지 않게 새삼 신경을 쓰면서 자신의 특권이 침해당하지 않도록 감시하고 있었다.

그런데 어느 날 어머니가 그레테가 없는 동안에 물을 길어다가 그레고르의 방을 대청소한 일이 있었다. — 온통 물 천지가 되어서 그레고르는 기분이 몹시 상했다. 하지만 뭐라고 할 수도 없었기에 화를 내며 소파 위에 벌렁 누워 있었다 — 저녁때 그레테가 돌아와서 그레고르의 방이 달라진 것을 보고는 심한 모욕이라도 당한 것처럼 불쾌해하면서 안방으로 뛰어 들어갔다.

어머니가 애원하다시피 하면서 손을 쳐들고 그레테를 달래 봤지만, 누이동생은 몸부림을 치면서 울음을 터뜨렸다. 그래서 부모님은 — 놀란 아버지는 소파에서 벌떡 일어섰지만 — 어쩔 줄 몰라 하며 그레테를 바라보고만 있었다.

잠시 후, 부모님은 간신히 마음을 가다듬고 움직이기 시작했다. 왼편에서는 아버지가 '왜 그레고르의 방 청소를 그레테에게 맡겨 두지 않느냐'면서 어머니를 나무랐고, 오른편에서는 누이동생이 '이제부터는 절대로 그레고르의 방을 청소하지 않겠다'라고 찢어지는 목소리로 앙탈을 부렸다.

그러는 중에 너무나 흥분한 탓인지 아버지가 정신을 잃어버

렸고, 어머니는 아버지를 침실로 끌고 가느라 안간힘을 써야만 했다. 누이동생은 그래도 분이 삭여지지 않는지 흐느껴 울면서 조그만 주먹으로 탁자를 마구 두드려 댔다.

그레고르는 문을 닫아 주기만 하면 이런 추태와 소동을 보지 않을 수도 있을 텐데, 아무도 문을 닫아 주려고 생각하는 사람이 없었기 때문에 화가 치밀어서 '쉿쉿' 하고 소리를 내며 씨근덕거렸다.

그러나 아무리 누이동생이 일에 시달려서 전과 같이 그레고르를 돌봐 주지 못한다 하더라도 누이동생 대신에 어머니가 들어와야 할 필요는 조금도 없었으며, 그레고르 역시 소홀하게 취급당할 이유가 전혀 없었다. 그도 어쨌든 가족의 한 사람이요, 집에는 가족 말고도 할멈이 있었기 때문이다.

할멈은 아무리 어려운 일이라도 특유의 강인한 체력으로 충분히 감당할 수 있을 것 같은 사람이었다. 그런가 하면 처음부터 그레고르의 추잡한 꼴을 보기 싫어하는 기색도 전혀 보이지 않았다.

그녀는 어떤 호기심에서가 아니라 우연히 그레고르의 방문을 연 적이 있었다. 그때 그레고르는 아무에게도 쫓기지는 않았지만 몹시 당황하여 갈피를 잡지 못하고 이리저리 기어 다니기 시작했다. 할멈은 조금 놀라는 기색이었지만, 그레고르의 모습을 바라보며 그 자리에 우두커니 서 있었다. 그때부터 할멈은 아침저녁으로 서슴지 않고 그레고르의 방을 들여다보곤 했다.

처음 얼마 동안 할멈은 자기 딴에는 친절을 베푼다는 투로, 그레고르를 향해 이렇게 소리치곤 했다.

"이리 오너라, 늙은 딱정벌레야! 어어? 저 늙은 딱정벌레 좀 봐!"

그레고르는 할멈이 그렇게 부를 때마다 꼼짝하지 않은 채 문이 열린 사실도 모른다는 듯이 가만히 누워 있었다. 그 할멈이 제멋대로 그렇게 쓸데없이 그레고르를 괴롭힌다면, 차라리 날마다 방이나 청소하라고 시키면 얼마나 좋을까 하고 생각했다.

한번은 이른 아침에 — 어느덧 다가오는 봄날을 알리는 듯 모진 비가 창문에 들이치고 있었다 — 그 할멈이 또다시 전과 같은 말투로 놀리기 시작했다. 울화통이 터진 그레고르는 곧 쓰러질 것만 같은 느린 동작이었지만 할멈에게 덤벼들 것처럼 몸을 움직였다.

그러자 이 괴상한 할멈은 놀라기는커녕 오히려 문 옆의 의자를 번쩍 들어 높이 치켜들었다. 그 할멈이 입을 쩍 벌리고 서 있는 꼴을 보니 의도가 무엇인지 알 수 있었다. 높이 쳐들어 올린 의자로 그레고르의 등을 내리친 다음에야 비로소 입을 다물 작정이었던 것이다. 하지만 그레고르는 그것을 당해 낼 엄두가 나지 않았다.

"자아, 이제 덤비지 못하겠지?"

할멈은 그레고르가 살며시 몸을 돌리는 것을 보고는 그제야 가만히 의자를 방구석에 갖다 놓았다.

이제 그레고르는 거의 아무것도 먹지 못했다. 다만 기어 다니다가 우연히 갖다 놓은 음식 옆을 지나치게 되면 장난삼아 조금 입에 넣어 보지만, 대개는 삼키지 않은 상태로 그냥 입 속에 몇 시간 물고 있다가 그대로 뱉어 버리기 일쑤였다.

식욕이 나지 않는 이유가 비참해진 방 상태를 슬퍼하는 탓이라고 생각했지만, 그는 방의 변화에 대해서는 이내 적응하게 되었다.

언젠가부터 다른 곳에 둘 수 없는 물건들을 죄다 이 방에 들여놓기 시작했다. 이 집 안에는 그런 물건이 굉장히 많았다. 왜냐하면 아무리 애를 써도 생활비가 모자라는지, 부모님이 방 하나를 하숙인 세 사람에게 빌려 주었기 때문이다.

그레고르가 언젠가 문틈으로 확인한 바에 의하면, 하숙인 세 사람은 모두가 구레나룻 수염을 지니고 있었다. 점잖아 보이는 이 세 남자는 환경 문제에 대해 관심이 많은 사람들이었다. 자기들뿐만 아니라 일단 이 집에 하숙한 이상 집 안 전체에 대해서, 특히 부엌에 대한 청결 문제까지 참견하곤 했다.

그 사람들은 쓸데없는 물건이나 더러운 물건을 보면 참지 못했다. 게다가 그들은 자기들이 사용하던 많은 가구를 갖고 들어왔기 때문에 치워야 될 물건이 적지 않았다. 대개는 팔아 버리기에도 적당하지 않고, 그렇다고 버리기에도 아까운 물건들이었다.

이러한 물건들이 모조리 그레고르의 방으로 옮겨졌다. 심지어는 부엌에서 내버리는 상자와 쓰레기통까지 들어왔다. 우선 당장에 쓰지 않는 물건들을 언제나 빠른 동작으로 일하는 할멈이 무조건 그레고르의 방으로 날라 왔다.

다행히도 그레고르는 날라다 놓는 물건이나 그 물건을 들고 오는 할멈의 손밖에 보지를 못했다. 할멈은 적당한 시기에 기회를 봐서 그런 물건들을 되가져가거나 한꺼번에 갖다 버리려고 했으나, 사실 그 물건들은 처음 내던져진 장소에 그대로 방치되어 있는 경우가 대부분이었다.

그레고르는 더 이상 기어 다닐 자리가 없었기 때문에 어쩔 수 없이 그 잡동사니를 옆으로 치워 버렸다. 그러나 기어 다니면서 이렇게 힘든 일을 하고 나니, 몸이 죽을 것처럼 고단하고 마음이 한없이 슬퍼져서 몇 시간 동안이나 꼼짝달싹하지 못했다. 그러나 그러한 물건들을 움직이는 데 점점 더 흥미를 느끼게 되었다.

이 하숙인들은 집에서 저녁 식사를 할 때면 가끔 거실을 이용했기 때문에 이젠 그쪽 방문이 전과 달리 자주 열리지 않았다. 그러나 그레고르는 선뜻 단념하고, 문을 억지로 열려고 하지 않았다. 그 전에도 문이 열려 있는 저녁때가 되면 그레고르는 그 문을 이용하지 않았다. 대신 가족의 눈에 띄지 않도록 컴컴한 자기 방 한구석에 누워 있곤 했다.

그런데 언젠가 할멈이 문을 약간 열어 놓은 채 내버려 둔 적이 있었다. 문은 저녁때 하숙인들이 거실로 들어와서 불을 켤 때까지 열려 있었다.

하숙인들은 전에 아버지와 어머니와 그레고르가 앉았던 식탁의 윗자리에 자리 잡고 앉아 냅킨을 펴더니 나이프와 포크를 손에 쥐었다. 그러자 고기가 가득 담긴 접시를 들고 어머니가 문 앞에 나타났으며, 바로 그 뒤로 감자를 가득 담은 대접을 들고 누이동생이 따라왔다. 김이 무럭무럭 오르고 구수한 냄새가 풍기는 음식이 입맛을 돋우었다.

하숙인들은 마치 먹기 전에 검사를 하려는 듯이 자기들 앞에 놓인 접시 위로 허리를 구부렸다. 그들 중에서 한가운데 앉은 가장 나이 들어 보이는 남자가 접시에서 고기 한 점을 베어내더니, 그것이 덜 익었거나 다시 부엌으로 돌려보내야 하는지를 살피려는 듯 서슴지 않고 먼저 맛을 보았다. 그는 맛을 보고 나서 매우 만족스러운 표정을 지어 보였다.

잔뜩 긴장한 자세로 그를 바라보고 있던 어머니와 누이동생은 한숨을 내쉬며 미소를 지었다.

식구들은 부엌에서 식사를 했다. 그래도 아버지만은 부엌으로 가기 전에 거실로 들어와서 모자를 손에 든 채 인사를 한 다음 식탁 주변을 빙 둘러보았다. 하숙인들도 모두 일어나서 수염 속에서 무언지 모를 소리로 중얼거렸다.

하숙인들은 자기들만 남게 되자, 거의 아무 말도 하지 않은 채 조용히 식사를 했다. 그레고르에게는 식사 중에 나는 여러 가지 소리 가운데 음식을 씹는 이 소리가 이상하게 들렸다. 그 소리는 마치 음식을 먹으려면 이가 필요하고, 이 없는 턱은 아무리 훌륭해 보여도 전혀 소용이 없다는 사실을 알려 주기 위해서 들려오는 것처럼 느껴졌다.

"나도 구미가 당기는데……. 그러나 저런 음식은 싫어. 하숙인들은 저렇게 잘도 먹는데, 나는 이렇게 비참하게 죽어 가는구나."

그레고르는 수심에 잠긴 듯한 목소리로 나지막하게 중얼거렸다.

바로 이날 저녁, 부엌 쪽에서 바이올린 소리가 들려왔다. 그레고르가 변신한 뒤 처음으로 들어 본 음악 소리였다.

하숙인들은 벌써 저녁 식사를 마친 뒤였다. 그들 중 나이 들어 보이는 남자가 신문을 가져오더니 두 사람에게 한 장씩 나눠 주었다. 그들은 모두 소파에 몸을 기대고 앉아 신문을 읽으면서 담배를 피웠다.

바이올린 소리가 들려오자, 그들은 그 소리가 신기하게 여겨졌는지 부엌 앞의 문 쪽으로 살금살금 다가갔다. 부엌에서도 그들의 발걸음 소리가 들렸는지, 그레고르의 아버지가 내다보며 말했다.

"혹시 바이올린 소리가 듣기 싫으신가요? 그러면 곧 그만두게 하지요."

나이 들어 보이는 남자가 대답했다.

"천만에요. 아가씨께서 차라리 이쪽으로 와서 연주해 주면 좋겠는데요. 여기가 연주하기에 훨씬 더 편하고 아늑하지 않아요?"

"네, 그렇게 하지요."

아버지는 마치 자신이 바이올린 연주자라도 되는 것처럼 소리쳐 대답했다.

하숙인들은 자신들이 앉아 있던 자리로 돌아와서 기다리고 있었다.

이윽고 아버지는 보면대를, 어머니는 악보를, 그레테는 바이올린을 들고 거실로 들어왔다. 그레테는 침착한 태도로 연주할 준비를 했다.

이제까지 한 번도 방을 빌려 준 일이 없었던 부모님은 하숙인 들에게 지나칠 정도로 예의를 지키느라고 감히 소파에 앉을 엄두를 내지 못했다.

아버지는 문에 기대어 서서 꼭 채워진 제복 단추 사이에 오른손을 집어넣고 있었다. 하숙인 중 한 사람이 어머니에게 의자에 앉기를 권유했지만, 어머니는 앉지 않고 그 의자를 그대로 놔두었다. 그 의자는 그 남자가 우연히 세워 놓은 것이기 때문에 이내 한구석으로 치워졌다.

드디어 그레테가 바이올린을 켜기 시작했다. 아버지와 어머니는 각자의 위치에서 딸이 바이올린 켜는 모습을 주의 깊게 바라보았다.

그레고르도 바이올린 소리에 끌려 자기도 모르게 머리를 거실 쪽으로 내밀었다.

그는 요사이 다른 사람에게 주의를 기울이지 않고 지내 온 것을 조금도 이상하게 여기지 않았다. 전에는 다른 사람들을 배려해 준다는 것을 매우 자랑스럽게 생각했었다. 그러니만큼 지금에 와서는 다른 사람의 눈앞에서 몸을 숨겨야 할 이유가 더욱 절실해진 것이다. 왜냐하면 그의 방 안은 어디나 먼지가 소복이

쌓여 있었으며, 조금만 몸을 움직여도 먼지가 풀풀 날려서 온몸이 먼지투성이가 되었기 때문이다. 그러다 보니 실오라기, 머리털, 먹다 남은 음식 찌꺼기 같은 것을 등이나 옆구리에 붙인 채 끌고 돌아다니는 일이 많아졌다.

그가 모든 것에 대해 무관심한 태도를 보인 것은 말할 나위도 없는 일이었다. 전에는 하루에도 몇 번씩 그랬지만, 요사이는 등을 대고 벌렁 누워서 양탄자에 몸을 비비는 일도 없었다.

이러한 상태임에도 불구하고 그는 겁도 없이 티끌 하나 떨어져 있지 않은 깨끗한 거실 바닥 위를 기어갔다. 하지만 조금도 거리끼지 않았을 뿐더러 부끄러운 줄도 몰랐다.

그런데 거실에서는 모두들 바이올린 소리에 정신이 팔려 있어서, 그가 거실로 머리를 내밀고 있다는 사실을 아무도 눈치채지 못했다.

하숙인들은 처음에는 두 손을 바지 주머니에 넣은 채 그레테의 바로 뒤에 자리 잡고 앉아 있었다. 그들 모두가 악보를 들여다보고 있었기 때문에 그레테는 분명 신경이 쓰였을 것이다.

그러나 그들은 이내 머리를 수그리며 나직한 목소리로 속삭이더니 창문 옆으로 물러섰다. 아버지는 염려스러운 눈초리로 창문 옆에 서 있는 그들을 쳐다보았다.

아름답고 재미있는 바이올린 연주를 들을 수 있으리라고 기대했던 그들은 적잖게 실망했는지, 이내 싫증을 내면서 한눈을 팔기 시작했던 것이다. 다만 체면상 예의를 지키기 위해 자리를 뜨지 못하고 있는 것이 분명해 보였다. 특히 그들 모두가 허공으로 담배 연기를 내뿜어 대는 모습은, 보는 사람으로 하여금 매우 초조해한다는 것을 충분히 짐작하게 했다.

그래도 그레테의 연주는 매우 훌륭했다. 고개를 옆으로 약간 기울이고, 감상에 젖은 듯이 슬픈 표정으로 악보를 눈으로 따라갔다. 그레고르는 조금 더 앞으로 기어 나갔다. 그리고 혹시나 그레테의 시선과 마주칠 수 있게 되기를 기대하면서, 고개를 마루 위에 바싹 붙이다시피 하며 수그렸다.

'이처럼 음악 소리에 감동을 느끼는데도, 내가 벌레란 말인가?'

그는 그토록 그리던 마음의 양식을 얻는 길이 자기도 모르게 열리는 것처럼 느껴졌다.

그는 누이동생 앞으로 기어 나가려고 했다. 그레테의 옆으로 가서 그녀의 치맛자락을 끌어당겨, 바이올린을 가지고 자기 방으로 건너와 주었으면 하는 뜻을 알리고 싶어서였다. 왜냐하면 자기만큼 그 연주를 칭찬해 주는 사람이 없을 것이기 때문이었다.

그는 누이동생을 자기가 살고 있는 방에서 내보내고 싶지 않왔다. 그의 끔찍한 모습은 그렇게 하는 데 도움이 될 것이다. 자기 방에 있는 모든 문을 정신 바짝 차리고 지켜 서 있다가, 들어오는 놈들에게 으르렁대면서 덤벼들면 틀림없이 효과가 나타날 것이라고 생각했다.

그러나 누이동생에게 강요해서는 안 되며, 자유로운 의사에 따라 자기 옆에서 지내게 해야 한다고 그는 생각했다. 그러면 누이동생은 자기와 나란히 소파에 앉은 다음 자기 쪽으로 귀를 기울일 것 아니겠는가.

그럴 때 그는 누이동생에게, 그녀를 음악 학교에 보내 주려고 오래전부터 계획을 세우고 있었다는 것을 말해 주고 싶었다. 또한 이런 불행한 사건이 일어나지 않았더라면 어떤 반대에도 구애받지 않고 지난 크리스마스 날 저녁에 ― 그런데 크리스마스가 벌써 지난 것이 맞는 걸까? ― 여러 사람 앞에서 자기 계획을 발표했으리라는 것을 알려 주려고 했다.

이런 이야기를 하면 누이동생은 너무나 감격한 나머지 울음을 터뜨릴 것이 분명했다. 그러면 그레고르는 어깨까지 기어 올라가서 누이동생 목에 입맞춤을 해 줄 작정이었다. 누이동생은 직장에 나가게 되면서부터 리본이나 칼라가 달리지 않은 옷을 입고 목을 내놓은 채 다녔기 때문이다.

"잠자 씨!"

그때 나이 들어 보이는 하숙인이 느닷없이 큰 소리로 아버지를 불렀다. 그러고는 더 이상 아무 말도 하지 않은 채 천천히 그들 앞으로 기어 나오는 그레고르를 손가락으로 가리켜 보였다.

바이올린 소리가 갑자기 뚝 그쳤다.

나이 들어 보이는 하숙인은 고개를 옆으로 저으며 친구들에게 미소를 지어 보이더니, 다시 그레고르 쪽을 쳐다보았다.

아버지는 그레고르를 쫓아내는 것보다는 하숙인들을 진정시키는 것이 더 급하다고 생각하는 것 같았다. 그러나 하숙인들은 흥분하기는커녕 도리어 바이올린 연주보다도 그레고르에게 더 흥미를 느끼는 것 같았다.

아버지는 하숙인들이 있는 곳으로 뛰어가서 두 팔을 벌리며 그들을 방으로 돌려보내려고 애쓰는 동시에, 자기 몸으로 가려서라도 그레고르가 보이지 않도록 하려고 기를 썼다.

그때 하숙인들은 약간 화를 내는 기색을 보였다. 아버지의 행동 때문에 화가 났는지, 또는 그레고르 같은 것이 한집에 살고 있다는 사실을 꿈에도 모르고 있다가 그제야 알게 되어 그러는 것인지는 도무지 알 수 없는 노릇이었다.

하숙인들은 아버지에게 해명을 요구하다가, 팔을 쳐들며 불안한 기색을 보이더니 수염을 비비 꼬면서 자기들끼리 웅성거렸다.

그동안 누이동생은 갑자기 연주를 중단한 후 잠시 정신없이 멍하니 있었다. 그러다가 바로 정신을 차렸는지, 축 늘어뜨린 두 손에 바이올린과 활을 쥐더니 계속 연주를 하고 있는 것처럼 악보를 들여다보다가 갑자기 몸을 일으켰다.

이어서 누이동생은 어머니 — 숨이 막히는 듯 가슴을 들먹거리며 소파에 앉아 있었다 — 무릎 위에 악기를 올려놓고 옆방으로 앞질러 뛰어 들어갔다.

하숙인들은 아버지에게 쫓겨서 걸음을 재촉하여 자기들 방인 옆방으로 다가오고 있었다. 그레테는 익숙한 솜씨로 침대 위에 놓인 이부자리와 베개를 톡톡 털어 위로 올리더니 순식간에 보기 좋게 정돈을 했다.

침대를 말끔하게 정돈한 그레테는 하숙인들이 방으로 들어오기 전에 살짝 빠져나왔다.

아버지는 또다시 자신의 고집에 사로잡혀서, 늘 하숙인들에게 베풀던 존경심을 잊어버린 것만 같았다. 아버지는 악착같이 그들을 밀쳐 내고 있었다.

드디어 방문 앞에 다다랐을 때, 나이 들어 보이는 하숙인이 '쾅' 하고 발을 굴렀다. 그러자 아버지도 할 수 없이 발걸음을 멈췄다.

나이 든 남자는 한쪽 손을 쳐들며 어머니와 누이동생을 힐끔 쳐다보더니 이렇게 말했다.

"나는 이 자리에서 선언하건대, 지금 이 집과 식구들 사이에
감돌고 있는 불쾌한 분위기를 생각해서 — 여기서 그 남자는 어
떤 용단을 내린 듯이 마룻바닥에 침을 뱉었다 — 방을 해약합니
다. 물론 지금까지의 방세는 한 푼도 지불할 수 없으며, 그 대신
앞으로 — 내 말을 똑똑히 들으십시오 — 당신에게 어떤 손해
배상을 청구할 것인지 신중하게 생각해 볼 작정입니다."

그 남자는 입을 다물며, 마치 무엇을 기대하는 듯한 표정으로
똑바로 앞을 바라보았다. 아닌 게 아니라 두 친구도 바로 입을
열었다.

"우리도 이 자리에서 당장 해약하겠습니다."

그러고 나서 나이 든 남자는 '쾅' 하고 요란스럽게 문을 닫으
며 방 안으로 들어갔다.

하숙인들이 사라진 뒤, 그레고르의 아버지는 힘없이 소파에
주저앉았다. 겉으로는 손발을 축 늘어뜨리고 전과 같이 저녁잠
을 자는 것처럼 보였으나, 고개를 가만히 둘 수 없다는 듯 쉴 새
없이 끄덕거리는 모습으로 보아 잠을 자지는 않는다는 것을 알
수 있었다.

그레고르는 자기 계획이 실패한 것에 대한 실망을 안고, 굶주
림으로 쇠약해진 몸을 꼼짝하지 않은 채 현장에서 들켰던 바로

그 자리에 조용히 누워 있었다.

그는 지금 당장이라도 자기 몸 위로 여러 가지 물건이 한꺼번에 쏟아질 것 같은 느낌을 확실히 받으면서 그 순간을 기다리고 있었다.

그때 어머니의 손가락이 떨리는 것 같더니만, 바이올린이 어머니 무릎 위에서 떨어지며 소리가 크게 울렸다. 하지만 그레고르는 조금도 놀라지 않았다.

이때 그레테가 손으로 탁자를 탁 치며 입을 열었다.

"어머니, 아버지! 이젠 더 이상 못 견디겠어요. 저런 괴물을 계속해서 오빠라고 부르지 못하겠다고요. 저런 괴물은 빨리 없애 버려야 해요. 저런 것과 함께 먹고살기 위해 우리는 이미 할 수 있는 모든 것을 다 했잖아요. 이젠 저걸 없앤다 해도 아무도 우리를 비난하지 못할 거예요."

"그래, 네 말이 옳을지도 모르겠구나."

아버지는 혼자서 중얼거리듯이 말했다.

아직도 완전히 숨을 돌리지 못하는 어머니는 마치 정신 나간 사람 같은 눈초리를 한 채 손을 입에 대고 먹먹하게 기침을 해 댔다.

그레테는 어머니 옆으로 달려가서 이마를 짚어 주었다.

아버지는 그레테의 말을 듣고서 무엇인가를 마음속으로 결심한 것처럼 보였다.

아버지는 의자에 똑바로 앉아서 하숙인들이 저녁 식사를 끝낸 뒤에도 여전히 식탁 위에 놓여 있는 접시들 사이에서 수위 모자를 집어 들어 주물럭거리면서, 가만히 누워 있는 그레고르 쪽을 가끔 쳐다보았다.

"우린 저걸 없애 버려야 해요."

그레테가 아버지를 쳐다보며 다짐하듯 말했다. 왜냐하면 어머니는 기침을 하느라고 아무 말도 듣지 못했기 때문이다.

"어쩌면 저것이 곧 아버지와 어머니의 목숨을 빼앗을지도 몰라요. 왠지 저는 그런 생각이 들어요. 우리는 모두 갖은 고생을 하면서 일해야 되는데, 이런 두통거리를 집 안에 두고 괴로움을 당할 수는 없잖아요. 저는 더 이상 참을 수가 없어요."

이렇게 말하고 나서 그레테는 왈칵 울음을 터뜨렸고, 그 눈물이 어머니의 얼굴로 흘러내렸다. 그레테는 기계적인 손동작으로 어머니의 얼굴에 묻은 눈물을 닦아 냈다.

"얘야, 그렇다고 해서 우리가 어쩔 수 있겠니?"

아버지가 누이동생에게 눈에 띄게 배려하면서 동정하는 듯한 목소리로 말했다.

그레테는 어떻게 해야 하는지에 대한 방안은 전혀 없다는 듯이 어깨를 움츠려 보이며 아버지를 바라보았다.

그녀는 계속 울면서, 앞서 보여 줬던 단호한 태도와는 정반대로 갈피를 잡지 못했다.

"만약 저놈이 우리 마음을 조금이라도 알아준다면 어떻게 할 테냐?"

아버지는 마치 질문하듯이 말했다.

그레테는 아직도 울음을 그치지 않은 상태에서 그런 일은 전혀 생각해 볼 필요조차 없다는 듯이 한쪽 손을 성급히 내저었다.

"만약 저놈이 우리 마음을 조금이라도 알아준다면……. 그렇다면 저놈하고 협의할 수도 있을 텐데. 그런데 저 모양 저 꼴이니……."

아버지는 같은 말을 되풀이하면서, 그런 일은 도저히 있을 수 없다는 그레테의 확신을 그대로 받아들이려는 듯이 눈을 지그시 감았다.

아버지의 말에 그레테가 무엇인가를 결심한 듯 단호하게 외쳤다.

"내쫓아야 해요. 그렇게 하는 수밖에 다른 방도가 없어요. 아버지! 저것이 오빠라는 생각을 진작 버려야만 했어요. 우리가 이제껏 너무나 오랫동안 그렇게 생각해 왔던 것이 우리 자신의 불행을 키우고 만 거예요. 어째서 저것이 오빠란 말이에요? 만일 정말 오빠라면, 사람이 저렇게 흉측한 벌레와 함께 살 수 없다는 것쯤은 벌써 알아차리고 자기 스스로 어딘가로 사라져 버렸을 거예요. 그러면 오빠는 없어질망정 우리는 안심하고 살아나갈 수 있고, 언제까지나 오빠를 소중하게 회상할 수 있었을 거예요. 그런데 저것은 우리를 못살게 굴 뿐 아니라 하숙인들까지 쫓아냈잖아요. 아마 나중에는 이 집 전체를 차지하고 우리까지 거리에서 잠을 자게 할 거예요. 저것 좀 보세요, 아버지.”

그레테가 말을 잠깐 멈추더니 갑자기 소리를 질렀다.

“또 장난을 시작했어요!”

그레테는 그레고르도 이해할 수 없는 괴상한 공포에 사로잡힌 것 같았다. 그녀는 자신이 그레고르 옆에 우두커니 서 있느니보다는 차라리 어머니를 희생시키는 편이 낫다고 생각한 듯, 소파에 앉아 있는 어머니를 밀쳐 내고는 아버지가 있는 뒤쪽으로 서둘러 달려갔다.

아버지도 그레테의 행동을 보고 당황한 나머지 자리에서 똑같이 일어났다. 그러고는 마치 그레테를 보호하려는 듯이 두 팔을 앞으로 쳐들었다.

그러나 그레고르는 누이동생은 물론이고 그 누구에게도 공포심을 일으키고 싶은 생각은 추호도 없었다. 그는 단지 자기 방으로 돌아가기 위해 몸을 돌리기 시작했을 뿐이었다.

그의 몸 상태가 너무나 좋지 않아 조금만 몸을 돌리려고 해도 힘이 들었기 때문에 머리의 반동을 이용해야만 했다. 그래서 몇 번이고 머리를 쳐들었다가는 마룻바닥 위를 내리쳤다. 그러다 보니 이런 괴상한 동작이 나와 사람들의 주의를 끌곤 했다.

그레고르는 동작을 멈추고 숨을 고르면서 사방을 두리번거렸다. 그래도 그가 아무런 악의도 갖고 있지 않다는 것을 식구들이 눈치챈 것 같았다. 사람들은 그저 순간적으로 놀랐을 따름이었다.

이제 식구들은 아무 말도 하지 않은 채 슬픈 표정으로 그를 바라보고 있을 뿐이었다.

어머니는 소파에 앉아서 두 다리를 모아 쭉 뻗치고 있었다. 너무나 피곤하여 눈꺼풀이 아래로 축 처지다 보니 마치 눈을 감고 있는 것만 같았다.

누이동생은 한쪽 손으로 아버지 목을 두른 채 아버지와 나란히 앉아 있었다.

'자, 이제는 방향을 돌려도 상관없겠지.'

그레고르는 그렇게 생각하고 다시 돌기 시작했다. 그는 움직이는 일이 너무 힘에 부쳐서 숨이 가쁘고 호흡이 거칠어졌기 때문에 숨을 돌리려고 이따금 쉬기도 했다.

그렇다고 해서 그를 쫓는 사람이 있는 것은 아니었다. 무엇이

든 그가 하는 대로 내버려 두었다.

그는 방향을 돌리고 나서 자기 방으로 곧장 돌아가기 시작했다. 그는 자기 방까지의 거리가 이다지도 먼 데 대해서 크게 놀랐다. 그래서 조금 전에 쇠약한 몸을 이끌고 어떻게 이처럼 먼 거리를 기어 왔는지 도무지 납득이 가지 않았다.

그저 빨리 기어가려고만 생각했기 때문에, 식구들이 말을 걸거나 소리를 쳐도 방해받는 일이 거의 없었다는 사실을 눈치채지 못하고 있었다.

겨우 문 앞까지 갔을 때 비로소 고개를 돌려 보려고 했으나 마음대로 잘 돌려지지 않았다. 목이 굳은 것처럼 느껴졌기 때문이다.

그러나 그 후 자기 뒤에서는 아무 변화도 일어나지 않았고, 다만 그레테가 서 있는 모습이 눈에 띄었을 뿐이다.

그의 마지막 시선에 어머니가 힐끗 스쳤는데, 어머니는 그때 깜빡 잠이 들어 있는 상태였다.

이윽고 그가 방 안에 들어가자, 이내 급히 문이 닫히더니 자물쇠가 꽉 잠겼다. 그는 그대로 방 안에 갇히고 말았다.

별안간 뒤에서 요란스러운 소리가 들려와서, 그레고르는 너무나 놀란 나머지 다리를 황급히 굽히려다 그만 휘청거리며 쓰러지고 말았다.

급히 달려온 사람은 그레테였다. 그레테는 미리 기다리고 있다가 그레고르가 방에 들어서자마자 번개같이 달려왔던 것이다.

그레고르는 누이동생이 달려오는 소리를 듣지 못했다. 그런데 그레테는 혼잣말로 '결국엔!'이라고 중얼거리며 열쇠를 자물쇠 구멍에 넣어 돌리며 부모님을 향해 소리쳤다.

"됐어요!"

그레고르는 어둠 속에서 주위를 둘러보며 자기 자신에게 물었다.

"그럼 이제부터 어떡해야 되지?"

그레고르는 곧 자기가 더 이상 움직일 수 없다는 사실을 깨달았다. 하지만 그는 별로 이상하게 여기지 않았다. 오히려 이처럼 가느다란 다리로 여기까지 기어 올 수 있었다는 사실이 전부터 부자연스럽게 생각되었다.

그렇더라도 기분은 비교적 좋았다. 사실 그는 온몸이 아팠지만, 점점 아픔이 가시면서 머지않아 완전히 가라앉을 것처럼 느껴졌다. 등에 박힌 썩은 사과도, 부드러운 먼지가 켜켜이 쌓인 염증도 별 문제가 없을 것만 같았다.

그는 뭐라고 말할 수 없는 갈등 속에서 식구들의 사랑을 생각하며 지난날을 돌이켜 보았다.

그는 진작부터 자기가 없어져야 한다고 생각했다. 그의 이런 생각은 누이동생의 그것보다 훨씬 더 절실한 것이었다.

그는 움직이기 힘들 정도로 기운이 빠진 걸 느끼며, 교회의 탑시계가 새벽 3시를 칠 때까지 공허하면서도 어딘가 모르게 평화로운 명상에 잠겨 있었다.

창밖이 훤하게 밝아 오기 시작했다. 그때 그의 머리가 그의 의지와는 전혀 상관없이 밑으로 푹 수그러졌다. 그의 콧구멍에서는 마지막 숨결이 아주 힘없이 흘러나왔다.

*

이튿날 아침 일찍이 온 할멈은 — 제발 문 좀 그렇게 세게 닫지 말라고 그동안 몇 번이나 부탁했지만, 할멈은 좀처럼 달라지질 않았다. 때문에 이 할멈이 오면 온 집안사람은 편히 잠을 잘 수 없을 지경이었다 — 보통 때처럼 슬쩍 그레고르의 방을 들여다보았지만, 처음에는 아무 이상도 발견하지 못했다.

할멈은 그레고르가 일부러 그렇게 꼼짝도 하지 않고 누워서 불쾌한 태도를 취하고 있다고 생각했다. 할멈은 그가 충분히 그런 연극을 하고도 남을 거라고 생각했던 것이다.

할멈이 문밖에서 마침 손에 들고 있던 기다란 빗자루를 내밀어 그레고르를 건드려 보았다. 그래도 아무 반응이 없자, 할멈은 그레고르의 몸을 쿡쿡 쑤셔 보았다. 그러나 그레고르는 아무 반응이 없이 밀려나기만 했다.

할멈은 아무래도 이상하다는 듯이 눈이 휘둥그레져서 그레고르를 주의 깊게 살펴보았다. 그러다가 자기도 모르게 휘파람을 '획' 하고 불었다.

이내 상황을 깨달은 할멈은 우물쭈물하지 않고 잠자 부부의 침실 문을 갑자기 열어젖히더니 어둠 속에서 큰 소리로 외쳤다.

"여기 좀 와 보세요. 저것이 뻗었어요. 방바닥에 그만 뻗어 버리고 말았다고요!"

잠자 부부는 후다닥 침대에서 일어나, 할멈이 말하는 내용을 알아보기도 전에 놀라거나 당황한 모습을 감추려고 기를 썼다.

어깨에 담요를 걸친 아버지와 잠옷 바람인 어머니는 기겁을 하며 침실에서 나와 그레고르의 방으로 달려갔다.

그러는 동안에 거실의 문도 열렸다. 하숙을 친 다음부터 그레테는 거실에서 자고 있었는데, 그레테는 한숨도 자지 못한 듯 단정한 옷차림으로 뛰어나왔다. 무엇보다도 창백한 얼굴빛이 그걸 증명해 주고 있었다.

"죽었다니?"

잠자 부인은 믿을 수 없다는 듯이 할멈을 쳐다보며, 마치 자

기가 조사해 보기라도 할 것처럼 할멈에게 확인하려 들었다.

"죽은 것 같아요."

할멈은 이렇게 말한 다음 증거라도 보이려는 듯이 비로 그레고르의 시체를 멀리 쭉 떠밀어보였다.

어머니는 그 빗자루를 가로막으려는 태도를 보였지만, 행동으로 옮기지는 않았다.

"자아, 이제 우리는 하느님께 감사를 드려야 해."

잠자 씨는 이렇게 말한 다음 가슴에 성호를 그었다. 그러자 어머니와 딸과 할멈이 그가 하는 대로 따라서 했다.

그때까지 그레고르의 시체에서 눈을 떼지 않고 있던 그레테가 입을 열었다.

"좀 보세요. 어쩜 이렇게 말랐을까요. 오빠는 벌써 오래전부터 아무것도 먹지를 않았어요. 음식을 갖다 주어도 전혀 먹지를 않고 그대로 내보내곤 했어요."

죽은 그레고르의 몸은 이미 오래전부터 아무것도 먹지 못해 바싹 야위어 있었으며, 뱃가죽은 등허리에 착 달라붙어 있었다.

이미 다리들이 몸뚱이를 위로 떠받들고 있는 것도 아니고, 사람들의 주의를 딴 데로 돌리게 하는 것이 아무것도 없는 지금에 와서야 사람들은 비로소 그 사실을 똑똑히 알게 되었다.

"그레테야, 이리 좀 오너라."

잠자 부인이 슬픈 미소를 지으며 말했다.

그레테는 시체를 돌아다보며 부모님의 뒤를 따라 침실로 들어갔다.

할멈은 문을 닫은 다음 창문을 활짝 열어젖혔다. 아직 이른 아침이지만, 신선한 공기 속에는 어딘지 모르게 훈훈한 기운이 감돌고 있었다. 어느덧 3월 말이었다.

방에서 나와 아침 식사를 하려던 세 하숙인은 아무것도 준비되어 있지 않은 식탁을 보고 어리둥절한 표정을 지으며 말했다.

"아침 식사는 어디 있어요?"

그들 중에서 나이가 들어 보이는 남자가 투덜거리며 할멈에게 물었다.

그러나 할멈은 손가락을 입에 대며 아무 말도 하지 않은 채, 그레고르의 방에 가 보라는 듯한 눈짓을 해 보였다.

그들은 윗옷 주머니에 두 손을 넣고 그레고르의 방으로 가서 그레고르의 시체를 둘러쌌다. 방 안은 이미 환하게 밝아져 있었다.

그때 침실 문이 열렸다. 아버지는 수위 제복을 입고 한쪽 팔은 아내에게, 또 다른 쪽 팔은 딸에게 부축을 받으며 나타났다.

세 사람의 얼굴엔 운 자국이 남아 있었고, 눈은 많이 부어 있었다. 그레테는 때때로 아버지의 팔에 얼굴을 파묻었다.

잠자 씨가 그들을 보자 소리쳤다.

"당장 우리 집에서 나가 주시오!"

잠자 씨는 이렇게 말한 다음 아내와 딸을 자기 몸에서 떼지도 않은 채 현관문 쪽을 가리켰다.

"무슨 말씀인지요?"

나이 들어 보이는 남자는 약간 놀란 듯했지만 싱긋 미소를 지으며 물었다. 나머지 두 사람은 뒷짐을 진 채로 끊임없이 손을 비비고 있었다. 마치 자기들에게 유리하게 전개될 언쟁을 마음속으로 은근히 기다리고 있는 것 같았다.

"지금 내가 말한 그대로요!"

잠자 씨는 이렇게 대답하고 나서 아내와 딸을 옆에 거느린 채 하숙인들 앞으로 곧장 걸어갔다.

나이 들어 보이는 남자는 너무나 갑작스러운 요구에 잠시 어리둥절해 있다가, 마치 머릿속에서 여러 가지 일을 다시 정리하려는 듯 잠시 마루 위를 내려다보고 있더니 이내 고개를 끄덕였다.

"그렇다면 곧 나가지요."

나이 들어 보이는 남자는 이렇게 대답하며 잠자 씨를 쳐다보았는데, 마치 갑자기 엄습해 온 겸손한 기분 속에서 이와 같이 결심한 데 대해 주인에게 허락이라도 받으려는 듯한 표정이었다.

그러나 잠자 씨는 눈을 부릅뜬 채 그저 몇 번이고 고개를 끄덕일 뿐이었다.

두 친구는 손가락 하나 까딱하지 않고 잠시 귀를 기울이고 있었으나, 곧 나이 들어 보이는 남자를 따라갔다. 마치 잠자 씨가 자기들보다 앞질러서 현관방에 들어가 자기들과 나이든 남자 사이를 갈라놓지나 않을까 하고 두려워하는 것 같았다.

현관방에서 그 세 사람은 옷걸이에서 모자를 집어 든 다음 지팡이를 꺼내 들더니 무뚝뚝하게 인사를 하고 집을 나섰다.

전혀 아무 근거도 없는 의심을 품고 ― 그의 의혹이 단순한 기우에 지나지 않는다는 사실은 바로 밝혀졌지만 ― 잠자 씨는 아내와 딸을 데리고 계단 앞으로 나아가서 난간에 기대어 떠나가는 세 사람의 뒷모습을 내려다보았다.

세 사람은 천천히 그리고 한결같이 고른 속도로 발을 옮겨서 긴 계단을 내려갔다. 아래층으로 내려갈 때는 층계마다 중간에 층계참이 있어서 언뜻 자취를 감추었다가 이삼 초 후에 다시 모습을 나타내곤 했다.

그들이 차츰 밑으로 내려갈수록 그들에 대한 잠자 가족의 관심도 점점 줄어들었다.

그들의 모습이 사라지고 나자, 저 밑에서 세 사람을 향해 올라오던 푸줏간 점원이 마침내 그들을 지나친 다음 머리에 무엇인가를 이고 뽐내듯이 퉁탕거리며 계단을 올라왔다.

그때 비로소 잠자 씨는 가벼운 기분이 되어 아내와 딸을 데리고 난간에서 물러났다.

잠자 씨 부부와 그레테는 오늘 하루를 쉬면서 산책을 하기로 결정했다. 그들은 일을 쉴 만한 이유가 충분했을 뿐 아니라 휴식이 필요했다.

그래서 그들은 책상 앞에 앉아서 잠자 씨는 은행 지배인에게, 잠자 부인은 양장점 주인에게, 그리고 그레테는 상점 주인에게 보낼 결근계를 썼다.

결근계를 쓰고 있을 때, 할멈이 아침 식사 준비가 다 끝났으니까 집으로 돌아가겠다고 말했다.

세 사람은 얼굴을 들지도 않고 고개만 끄덕였다. 그러나 할멈이 선뜻 나가지 않고 우물쭈물하니까 화를 내며 얼굴을 들었다.

"왜 그러고 있소?"

잠자 씨가 물었다.

할멈은 문 옆에 서서 미소를 지었다. 할멈은 마치 식구들에게 매우 반가운 소식을 전해 주고 싶지만, 상대방이 캐어묻지 않으면 선뜻 알려 주지 않겠다는 태도를 보였다.

할멈의 모자 위에는 작은 타조 깃 하나가 꼿꼿이 꽂혀 있었는데, 가볍게 이리저리 흔들리고 있었다. 할멈이 자기 집에서 일하는 동안에도 잠자 씨는 그 날개털이 몹시 비위에 거슬렸었다.

"무슨 일이 있는 거요?"

잠자 부인이 물었다.

할멈은 이 집에서 부인을 가장 존경하고 있었다.

"네……."

할멈은 이렇게 대답하고 나서, 친근한 웃음을 흘리느라 말을 계속 잇지 못했다.

"저어, 옆방에 있는 그것을 치워 버릴 걱정은 조금도 안 하셔도 돼요. 벌써 제가 다 치워 버렸으니까요."

잠자 부인과 그레테는 계속해서 결근계를 쓰려는 듯이 고개를 수그리고 있었다.

잠자 씨는 할멈이 자기가 한 일에 대해 자세히 이야기하려는 것을 눈치채곤, 그럴 필요 없다는 듯이 한사코 손을 흔들었다.

할멈은 거절을 당하고 나서야 자기가 매우 바쁜 몸이라는 사실을 깨달은 모양이었다.

"그럼, 모두들 안녕히 계세요."

할멈은 이렇게 외치고 홱 돌아서더니 요란스럽게 문을 닫고는 집에서 나갔다.

그러자 잠자 씨가 말했다.

"할멈이 저녁에 다시 오면 아주 내보내 버려."

그러나 아내와 딸은 아무런 대꾸도 하지 않았다.

간신히 얻은 마음의 안식이 할멈 때문에 다시 물거품이 될 것처럼 여겨졌기 때문이다.

아내와 딸은 자리에서 일어나 창문께로 가서는 서로를 부둥켜안고 있었다.

잠자 씨는 의자에 앉은 채 두 사람에게로 몸을 돌리더니 조용히 그들을 쳐다보았다.

"자, 그만 이리들 와. 지난 일을 생각해서 뭐 해. 이제는 나도 좀 편안하게 해 달란 말이야!"

아내와 딸은 그에게로 다가가 그를 위로한 다음 결근계 쓰는 일을 재빨리 마무리했다.

그러고 나서 세 사람은 모처럼 함께 집을 나섰다. 몇 달 만에 전차를 타고 교외로 나갔다. 전차 안에는 오붓하게 그들 세 사람뿐이었다. 따뜻한 햇볕이 차창을 통해 그들을 비춰 주었다. 그들은 편한 자세로 몸을 기대고 앉아 앞으로의 일에 대해 이야기를 주고받았다.

가만히 생각해 보면 그들의 앞날에 전혀 희망이 없는 것도 아니었다. 지금까지는 서로 물어볼 기회조차 없었지만, 막상 이렇게 이야기를 나눠 보니 세 사람의 직업은 매우 훌륭한 것이었다. 특히 앞으로는 더욱 유망할 것처럼 느껴졌다.

우선 당장에 집안 환경을 개선하는 문제는 이사만 가면 쉽사리 해결될 것 같았다.

그들은 그레고르가 고른 지금의 집에서 계속 살아왔다. 그러나 앞으로는 지금의 집보다 싸고 위치도 좋은 실용적인 집을 선택하기로 했다.

이런 대화를 나누는 동안, 잠자 부부는 점점 활기를 띠는 딸의 모습을 바라보며 거의 동시에 같은 것을 느꼈다.

그들의 딸 그레테가 요즘 들어 얼굴빛이 창백해지도록 갖은 고생을 하긴 했지만, 이제는 토실토실 예쁘게 피어나서 처녀티가 물씬 풍겨나는 것을 눈치챈 것이다.

잠자 부부는 둘 다 아무 말도 하지 않았지만, 이제는 슬슬 그레테에게 좋은 신랑감을 구해 주어야 할 때가 왔다고 생각했다.

드디어 전차가 목적지에 도착하자, 그레테가 제일 먼저 자리에서 일어났다. 그러고는 젊고 싱싱한 육체를 활짝 폈다.

잠자 부부의 눈에는 딸의 모습이 그들의 새로운 꿈과 아름다운 계획을 다짐해 주는 증거처럼 비쳐졌다.

그레고르 잠자의 재변신

- 칼 브란트(Kal Brand)

납작한 빈대처럼 끔찍하게 말라 버린 그레고르 잠자의 시체는 쓰레기를 치워 가는 차에 실려 도심지를 벗어난 외곽 지대의 큰 쓰레기장에 버려졌다. 그 시체는 정말이지 믿어지지 않을 만큼 끔찍하게 말라 있어서 눈에 잘 띄지도 않을 정도였다.

죽어서 다 썩은 벌레의 몸이 흙에 매장되기까지 얼마나 걸리는지는 알 수 없으나, 그 벌레의 시체는 이미 햇볕의 뜨거운 열기로 인해 끔찍한 악취를 내뿜기 시작했다.

대낮이면 셀 수 없이 많은 벌레 떼가 거대한 쓰레기장 주변을 날아다녔다. 하지만 끔찍한 모습 때문인지 역한 냄새 때문인지는 알 수 없으나, 이 죽은 벌레에게는 파리 떼조차도 얼씬거리지 않았다.

태양은 도심의 건물들을 뒤로 한 채 언덕 너머로 스멀스멀 사라졌으며, 싸늘한 이슬과 함께 어둠이 시작되었다. 어둠 속에 버려진 그레고르 잠자의 죽은 몸뚱이는 차가운 아침 이슬에 흠뻑 젖어 버렸다.

어둠만 아니었다면, 그를 둘러싸고 있는 휴지 조각과 깨진 돌과 깡통 따위는 그레고르 잠자의 왼쪽 다리가 허공에서 갑자기 떨기 시작한 것을 알 수 있었을지도 모른다. 그러나 그 떨림은 얼핏 봐서는 바람 때문이라고 무시할 수 있을 정도로 너무나 미세한 것이었다.

그런데 실제는 그게 아니었다. 그레고르 잠자의 죽은 몸이 갑자기 특이한 그 무엇에 의해 소름 같은 것이 돋는 듯하더니, 어떤 변화가 나타나기 시작했다. 그러면서 수많은 상념과 더불어 한 문장이 떠올랐다.

'나는 부활해서 그들 앞에 다시 나타날 거야.'

그레고르 잠자 자신도 이 이상한 문장이 무얼 뜻하는지 몰랐으며, 더 이상 무얼 생각한다는 것도 불가능했다.

그렇게 몇 시간이 흘렀고, 그가 끔찍할 정도로 갖은 노력을 한 연후에야 스스로가 상념의 주인이 되어 어떤 의지를 갖게 되었다. 그것은 그가 이 쓰레기장을 떠나야겠다는 결심이었다.

그런데 시간이 얼마간 더 지나고 나니, 기다란 목걸이처럼 생각이 하나로 모아지면서 자신의 몸뚱이가 아주 이상한 변화를 나타내는 것을 스스로 느끼게 되었다.

하지만 그는 자신이 변화하고 있다는 것은 느꼈지만 인식하는 것은 불가능했다. 단지 몸뚱이 뒤쪽의 관절들을 비롯하여 몸뚱이 전체가 어떻게 설명할 수 없을 정도로 점점 더 늘어나고 있다는 느낌만 들 뿐이었다.

그런데 그레고르 잠자는 갑자기 자신이 살아 있다는 생각이 들었다. 모두들 그가 얼마 전에 죽었다고 했는데 말이다. 또한 자신이 아주 끔찍하게 생긴 거대한 벌레로 변했었다는 사실이 떠올랐다.

도대체 그는 이 사실에 대해 얼마 동안이나 잊어버리고 있었던가. 그가 죽은 날로부터 그가 깨어 있는 지금까지 도대체 며칠이나 흘렀단 말인가. 그는 무엇인가를 기억해 내려고 애를 썼다.

그러다가 그는 어떤 순서로 무엇을 할 것인지를 결정하기 위해, 일단은 그냥 조용히 생각에 잠겼다.

그레고르 잠자는 자신이 부드러운 무엇엔가 감싸여 있다고 느끼면서도, 도대체 자신이 지금 어디에 누워 있는지를 확실히 알지 못해 무척 답답했다. 하지만 그는 자신의 팔과 다리 등을 사용해 볼 엄두도 내지 못했다. 물론 자신이 누워 있는 곳이 침대라고 생각하지는 않았다. 짚이나 건초, 아니면 그와 비슷한 것에 누워 있음이 분명할 터였다.

이제 그는 얼굴이 밑으로 내려앉아 숨 쉬는 것마저도 힘들 지경이었다. 그는 어쩔 수 없이 머리를 쳐들어야만 했다. 하지만 머리를 그대로 꼿꼿하게 쳐들고 있을 수가 없어서, 몸통 전체를 약간 옆으로 돌렸다.

그런데 몸을 약간 움직였더니, 놀랍게도 몸통의 일부가 아무런 아픔도 없이 그대로 떨어져 내리는 것이 아닌가. 그래서 그는 몸을 바로 해 보려고 기를 썼는데, 이상하게도 마치 팔이 생긴 듯한 느낌이 들었다. 순간, 몸체의 아랫부분에 의지하여 일어서야 한다는 생각이 그를 엄습해 왔다. 자신이 다시 사람의 모습을 지닌다는 것은, 생각만으로도 너무나 두렵고 겁나는 일이었다.

시간은 천천히 흘러갔다. 그레고르 잠자는 너무나 긴장한 나머지, 도시 안에 있는 첨탑의 시계 소리라도 들을 수 있지 않을까 해서 꼼짝도 하지 않고 옆으로 누워 귀를 기울였다.

시계가 15분을 쳤다. 숨을 죽이고 한참을 기다리니 30분, 그

다음에 45분을 쳤다. 그리고 이어서 새벽 3시를 알리는 소리를 들었다.

싸늘함이 그를 엄습해 왔다. 한 시간 반만 더 참으면 날이 밝아 오고, 그러면 새날과 함께 빛이 비칠 것이다.

그는 더 이상 아무것도 생각하고 싶지 않았다. 그 밤은 고문처럼 여겨질 정도로 너무나도 길었다. 그동안 어떤 상념이 떠올라 자꾸만 그를 괴롭히는 것이었다.

시간이 흐름에 따라, 그레고르 잠자는 자신에게 무슨 일이 일어났음을 확실히 감지할 수 있었다. 하지만 빈대처럼 말라비틀어진 자신의 몸을 생각하니 두렵고 겁이 나서 벌벌 떨렸다.

그런데 어느새 그는 자신도 모르게 사람의 형상을 하고 있었다.

결국 그는 자신의 팔을 어떻게 해야 좋을지 몰라서 이마에 갖다 대었고, 그리고 이마 옆을 때렸다. 그는 자신이 인간의 손을 가지고 있으며, 손가락이 있다는 점에 대해서 경악하지 않을 수 없었다.

그는 결국 자기 안에 잠재된 모든 에너지를 끄집어내어 두 발로 벌떡 일어섰다.

어둠은 아직도 짙게 깔려 있었으며, 아직 한 치 앞도 보이지 않았다. 그러면서 한 생각이 떠올랐다.

'가자, 가야만 한다.'

그는 몸을 움직이려고 무진 애를 썼다. 그런데 그의 두 무릎이 너무나 떨려서 도무지 균형을 잡을 수가 없었다. 그는 재빨리 발을 뻗어 앞으로 나아가려고 했으나, 그만 땅바닥에 넘어지고 말았다.

그의 얼굴이 달아오르며 등 뒤로 서늘한 식은땀이 흘렀고, 열기로 온몸이 달아오르는 것만 같았다.

'어떻게 집에 가야만 하나?'

그는 온몸에 힘이 다 빠져 거의 꼼짝 않고 누워 있었다.

이루 말로 형언할 수 없는 두려움이 그를 덮쳐 와, 그는 죽을지도 모른다는 예감에 사로잡혔다.

복잡 미묘한 여러 생각이 스치는 가운데 이런 생각을 부인해 보려고 애를 썼지만 아무 소용이 없었다.

변신

◆ **작품 소개**

인간 존재의 부조리와 불안을 파헤친 걸작

《변신》은 프란츠 카프카가 1916년에 발표한 소설이다. 카프카는 체코슬로바키아 프라하 태생의 독일 소설가로, 평생 보험 협회 직원으로 일하며 밤마다 소설을 집필했다. 그의 글은 현실을 치밀하게 묘사하면서도 환상적인 분위기를 갖고 있다. 《변신》 말고도 《심판》, 《성(城)》, 《시골 의사》 등의 작품이 있는데 모두 그러한 특색을 반영하고 있다.

《변신》은 어느 날 갑자기 벌레로 변한 주인공 이야기를 냉정하고도 사실적인 문체로 그려 냈다. 주인공과 그를 둘러싼 인물들을 통해 인간 존재의 부조리와 불안을 파헤친 걸작으로 꼽힌다. 이 작품은 현대 문학의 시발점이라고도 평가되며, 문학사적으로는 수많은 논쟁을 불러일으키기도 했다. 소설 속에서 벌레로 변한 주인공은 언제, 어떤 상황에 놓이게 될지 모르는 현대인, 바로 우리의 불안과 절망을 상징하는 존재라고 볼 수 있다.

소설 말미에 있는 《그레고르 잠자의 재변신》은 1916년 칼 브란트라는 작가가 쓴 《변신》의 후속 작품이다. 벌레로 변해 죽은 주인공을 다시 인간으로 부활시킴으로써 《변신》이 더욱 유명세를 타게 되는 계기가 된 작품이다.

외판원으로 일하는 그레고르 잠자는 어느 날 아침 눈을 뜨자 자기 몸이 이상하게 변해 있음을 깨달았다. 수많은 다리를 가진 징그러운 벌레로 변한 것이다. '이게 어떻게 된 일일까?' 곰곰 생각해 보았으나, 분명히 꿈은 아니었다. 왜 결근했는지 알아보려고 찾아온 회사의 지배인은 놀라 도망가고, 어머니는 졸도하고, 아버지는 그를 방 안으로 쫓아 버렸다. 그는 꼼짝없이 자기 방에 갇혀 지내는 신세가 되었다.

그레고르는 평소 힘들게 일해 가족을 부양하면서도 부모와 누이동생을 끔찍이 사랑했다. 그러나 이제는 식구들에게 미움을 받고, 아버지가 던진 사과에 등을 맞아 그 상처로 식욕마저 잃고 말았다. 그는 누이동생이 켜는 바이올린 소리에 이끌려 거실로 나갔다가 생계를 위해 들인 하숙인들에게 정체를 들키면서 더욱더 미움을 받는 존재가 되었다.

그레고르는 점점 삶의 의미를 잃어 갔다. 식구들도 이제 그가 죽기를 바랐다. 등의 상처가 더욱 악화되어 가던 어느 날 아침, 그레고르는 조용히 숨을 거두었다. 부모와 누이동생은 안도의 숨을 내쉬며 오랜만에 화사한 봄볕을 즐기러 교외로 소풍을 나갔다.

◆ **등장인물 소개**

그레고르 잠자_ 이 소설의 주인공으로, 옷감 외판원으로 힘들게 일하며 가족을 부양한다. 어느 날 갑자기 벌레로 변하지만 그의 의식은 여전히 사람일 때와 똑같다. 다른 사람이 하는 말은 알아듣지만 자신이 내뱉는 말은 벌레 울음소리처럼 들린다. 가족의 냉대에 상처받고 절망감에 사로잡혀 점점 삶의 의지를 잃어 간다.

그레테_ 열일곱 살 난 그레고르의 누이동생이다. 그가 돈을 벌어올 때는 철부지 소녀였지만, 벌레로 변한 뒤에는 돈벌이를 하러 나선다. 방 청소 등 그레고르의 시중을 들긴 하지만 점점 지치면서 오빠를 내쫓아 버려야 한다고 주장하기에 이른다. 바이올린을 잘 켜고, 음악 학교에 가고 싶은 꿈을 가졌다.

잠자 씨_ 그레고르의 아버지이다. 벌레로 변한 아들을 전혀 동정하지 않아 그레고르가 가장 경계한다. 아들이 돈을 벌어 올 때에는 늙어 일할 능력이 없는 것처럼 굴었으나, 상황이 변하자 수위로 취직해서 곧잘 일한다. 아들에게 사과를 집어 던져 큰 상처를 입힌다.

잠자 부인_ 그레고르의 어머니이다. 벌레로 변한 아들을 가엾게 여기지만 막상 눈앞에 모습이 보이면 기절하고 만다. 천식을 앓고 있어 건강이 좋지 않은데도 생계를 위해 하숙을 치고 양장점에서 일을 받아다 한다. 아들이 죽자 비로소 마음을 놓는다.

하숙인들_ 무례하고 오만한 사람들로, 그레고르가 거실로 기어 나오자 벌레와 한집에서 살았다는 이유로 방세를 낼 수 없다고 억지를 부린다. 게다가 손해 배상까지 청구하겠다고 으름장을 놓는다. 나중에 잠자 씨에 의해 내쫓긴다.

◆ **들어가기**

동양과 서양을 굳이 가르지 않고 세계 문학사를 보면 변신의 모티프는 그다지 어렵지 않게 찾아볼 수 있다. 또한 그 역사도 인류의 역사만큼이나 아주 오래다. 변신의 모티프는 신화를 비롯한 전설, 민담, 동화 같은 전통적인 서사에서 쉽게 찾아볼 수 있기 때문이다. 곰이 여자로 환생하는 단군신화와 오비디우스의《변신 이야기》에서부터 오늘날 디지털 시대에 이르기까지 변신은 그동안 예술가의 상상력에서 아주 중요한 역할을 해 왔다. 두말할 나위 없이 인간은 변화에 대한 강한 욕구를 지니고 있기 때문일 것이다. 이러한 욕구를 충족시키기 위한 문학적 장치가 다름 아닌 변신이다.

프란츠 카프카(1883~1924)의 중편 소설《변신》(1915)도 제목에서 단적으로 엿볼 수 있듯이 변신을 가장 핵심적 장치로 사용한다. 물론 이 작품은 동물을 소재로 취급하면서도 의인화된 동물을 등장시켜 사회를 풍자하는 전통적인 우화와는 성격이 적잖이 다르다. 카프카의 작품에서 변신은 기존의 변신과 비교해 볼 때 좀 더 철학적이고 형이상학적이다. 그가 게르만 민족의 독일 사회에서 주변인에 해당하는 유태인이라는 사실, 그리고 그가 태어나 살던 시대가 인류 역사에서 그 어느 때보다 삶을 위협받고 있던 시대적 상황과 무관하지 않기 때문이다.

◆ 작품의 배경과 내용

프란츠 카프카는 《변신》을 1912년에 집필하여 1915년 10월에 월간지에 게재한 뒤 같은 해 12월 쿠르트 볼프 출판사에서 출간하였다. 카프카는 이 책을 집필하기 전에 쓰던 《판결》과 《화부》와 함께 이 작품을 한데 엮어 출판하려고 계획했지만 출판사의 반대로 《변신》만을 단독으로 출간하였다. 이 소설은 카프카의 모든 작품 가운데에서 가장 널리 알려져 있는 작품이다.

카프카가 이 작품을 쓰기 시작한 것은 인류 역사에서 그 유례를 찾을 수 없는 비극이 진행된 제1차 세계대전이 일어나기 직전이다. 이 무렵 서구 사회는 여러모로 위기에 놓여 있었다. 산업혁명으로 시작된 서구의 과학 문명이 고도로 발달하면서 인간은 존엄성을 상실했으며, 정신적인 것은 뒷전으로 밀리고 물

질만능주의가 널리 팽배해 있었다. 많은 사람이 인류를 구원할 수 있다고 믿은 합리적인 이성도 그 기능을 상실하여 온 유럽의 국가가 전쟁을 향해 치닫고 있었다. 카프카는 이러한 시대적 상황에서 《변신》을 집필했던 것이다.

얼핏 보면 《변신》은 한낱 황당무계한 이야기처럼 보인다. 주인공 그레고르 잠자는 어떤 평화스러운 꿈에서 깨어났을 때 침대 위에서 자신이 흉측한 벌레로 변해 있는 것을 깨닫는다. 그레고르는 상과 대학을 나와서 군대까지 마치고, 지금은 의류 회사의 영업 사원으로 근무하고 있다. 5년 전 아버지가 파산한 이후 부모와 열일곱 살 난 여동생 그레테를 부양하고 있다. 그러나 이 급작스러운 불행한 사건으로 그는 분노와 절망감에 휩싸인다. 출근 시간의 기차 소리는 여전히 들려오지만, 자신의 몸은 거대한 벌레가 되어 수많은 다리를 꼼지락거리고 있을 뿐이다.

출근 시간이 지나도 기척이 없자 가족들은 문을 두드리고 회사의 지배인은 왜 그레고르가 아직 출근하지 않는지 알아보려고 찾아온다. 지배인은 화를 내며 그레고르를 회사에서 해고하겠다고 위협한다. 그레고르는 안으로 잠긴 문을 통해 자신의 처지를 호소하려고 하지만 그의 목소리는 아무도 알아들을 수 없다. 얼마 뒤 힘들여 문을 열고 나간 그레고르의 모습을 본 지배인은 기절할 듯 도망치고 부모는 엄청난 충격을 받는다. 아버지는 위협적인 동작으로 벌레를 다시 방으로 들여보내는데, 이때 그레고르는 큰 충격으로 상처를 받고 피를 흘린다.

그레고르는 문틈으로 가족들을 관찰한다. 그의 모습에 질린 누이동생은 공포를 느끼며 그에게 음식을 갖다 주지만 그는 구미가 당기지 않는다. 이주일 뒤 그의 방에 들어온 어머니는 흉측한 벌레의 모습에 놀라 그만 실신하고 만다. 한 번은 그레고르가 방에서 나가자 아버지는 분노한 나머지 벌레에게 사과를 던져 심한 상처를 입힌다.

누이동생은 벌레를 더 이상 오빠로 간주할 수 없다며 벌레를 없앨 모든 방법을 강구해야 한다고 부모를 설득한다. 그레고르는 힘없이 자기 방으로 돌아와 시름거리다가 마침내 사망하여 뻣뻣해진 모습이 된다. 그러나 아버지는 "자, 이제 하느님께 감사드리도록 하자"라고 말하고, 하녀는 벌레의 시체를 치우고, 마음이 한결 가벼워진 가족은 행복한 기분으로 전차를 타고 나들이를 떠난다.

《변신》에서 그레고르 잠자가 변신한 곤충을 흔히 '벌레'나 '해충'으로 번역해 왔지만 독일어 원문은 'Ungeziefer'이다. 이것은 일반적으로 조류와 작은 동물 등을 포함하는 유해 생물을 가리키는 말이다. 카프카가 작품에서 묘사하는 것만 가지고는 과연 어떤 종류의 생물을 염두에 두고 쓴 지 알 수 없다. 러시아 태생의 미국작가 블라디미르 나보코프는 크게 부풀어 오른 몸통을 근거로 아마 딱정벌레일 것으로 추측하였다.

◆ 작품의 중심 주제

프란츠 카프카는 《변신》에서 좁게는 가족 관계, 넓게는 인간 관계가 한낱 이해관계에 따른 관계라는 사실을 새롭게 보여 준다. 그레고르는 기계적으로 일을 하는 회사일이 좀처럼 마음에 들지 않는다. 무엇보다도 아침 일찍 일어나는 것이 끔찍이 싫다. 그는 "잠자리에서 일찍 일어난다는 건 사람을 바보로 만든단 말이야. 사람은 잠을 충분히 자야 하거든"이라고 생각한다. 그러나 부모가 사업에 실패하여 거액의 빚을 지고 있기 때문에 빚을 청산할 때까지는 일을 그만둘 수도 없는 상황이다.

이렇게 그레고르가 회사원으로 생활비를 버는 동안 가족들은 그를 사랑하며 그에게 감사한다. 그러나 그가 갑자기 벌레가 되자 그는 가족들로부터 냉대를 받을 뿐만 아니라 귀찮은 존재, 더 나아가 가족의 명예에 먹칠을 하는 존재로 적대시된다. 심지어 그레고르가 집안의 수치를 안겨주면서 살아가느니 차라리 죽기를 바라는 것이다.

독일의 사회학자 페르디난트 퇴니에스의 개념을 빌려 말하자면, 카프카는 이 작품에서 '게젤샤프트(Gesellschaft)'의 가치관을 날카롭게 비판한다. 퇴니에스에 따르면 전통적으로 가족은 회사 같은 조직과는 달리 구성원 사이에서 볼 수 있는 사랑이나 신뢰의 자연스러운 유대감을 중시하는 '게마인샤프트(Gemeinschaft)', 즉 공동 사회이다. 그레고르의 가족도 처음에는 겉으로는 공동 사회의 가치를 받아들이는 것처럼 보인다. 그러나 그레고르가 막상 벌레로 변신하여 더 이상 가족의 생계를 책임지지 못하자 공동 사회의 가치를 헌신짝처럼 던져 버리고 곧바로 이익 사회의 가치를 받아들인다. 이익 사회를 규정짓는 특징은 바로 인위적이고 관념적이며 기계적인 가치다.

'수신제가치국평천하(修身齊家治國平天下)'라는 말도 있듯이 가족은 사회를 구성하는 가장 기본적인 단위다. 개인이 모여 가족이 되고, 가족이 모여 사회와 국가를 이룬다. 가족이 붕괴한다는 것은 곧 사회나 국가의 붕괴를 뜻하기도 한다. 카프카는 《변신》에서 가족 구성원의 범위를 좀 더 넓혀 이번에는 인간 관계에 주목한다. 현대의 이익 사회에서 인간의 모든 관계는 오직 이해관계에 따라 이루어진다. 나에게 이익이 되고 득이 되면 인간 관계가 성립하지만 그렇지 않으면 아무런 의미도 지니지 못하는 것이 현대 사회의 일그러진 자화상이다.

더구나 카프카는《변신》에서 현대 문명 속에서 벌레처럼 하루하루 살아가는 인간의 모습을 보여 준다. 현대인은 한낱 자본주의 사회라는 거대한 기계의 조그마한 톱니바퀴에 지나지 않는다. 이 작품의 주인공 그레고르 잠사가 샐러리맨이라는 사실을 이를 뒷받침한다. 아무런 창조적 기쁨도 없이 그는 아침 일찍 회사에 출근하여 저녁이면 피로한 몸을 이끌고 집으로 돌아온다. 그리고 이러한 생활은 다람쥐 쳇바퀴 돌 듯 날마다 되풀이된다. 한마디로 이 작품에서 벌레로 변해 버린 잠자는 곧 자기 존재의 의미를 잃고 소외와 고독 속에서 살아가는 현대인의 모습이다. 카프카는 그레고르의 변신과 그 죽음을 통해 제1차 세계대전 이후 중산층의 몰락과 대중사회의 비인간화, 그리고 인간 존재의 고독한 실존을 설득력 있게 묘사한다. 적어도 부조리한 세계에 살면서 고독과 소외를 일용할 양식처럼 받아들인다는 점에서 이 작품은 실존주의와 맞닿아 있다.

카프카는 이러한 실존주의적인 주제에 걸맞은 형식과 기교를 구사한다. 몽상적이고 그로테스크한 표현주의적 기법이 바로 그것이다. 그는 전통적인 소설에서 흔히 볼 수 있는 잘 짜인 플롯에 의존하지 않고 단편적이고 에피소드적인 방식에 의존한다.

프란츠 카프카는 1883년 체코의 프라하에서 중산층 유대인 집안의 장남으로 태어났다. 그가 태어날 무렵 프라하는 체코슬로바키아 공화국의 수도가 아니라 오스트리아-헝가리 제국의 도시였다. 카프카는 독일어를 사용하는 프라하 유대인 사회 속에서 성장하였다.

1906년 카프카는 법학으로 박사학위를 취득한 뒤 이듬해 프라하의 보험회사에 취직하였다. 그러나 그는 일생의 유일한 목표를 문학 창작에 두었다. 카프카가 본격적으로 작가로 데뷔한 것은 1909년 산문 소품집을 출간하면서부터이다.

카프카는 작품을 써 놓고도 막상 출간하는 것을 몹시 꺼렸다. 심지어 미발표작을 소각해 달라는 유언을 남겼다. 하지만 그의 친구 막스 브로트는 카프카의 유작, 일기, 편지 등을 모아 출판하였고 카프카의 이름은 현대 문학사에 널리 알려졌다. 그가 사망한 뒤에 《배고픈 예술가》, 《심판》, 《성》, 《아메리카》, 《만리장성》 등이 출간되었다. 그의 대표작으로는 《변신》을 비롯하여 《재판》, 《유형지에서》, 《시골 의사》 등이 있다.

카프카는 1917년 결핵 진단을 받고 1922년 보험회사에서 퇴직한 뒤 1924년에 오스트리아 빈 근교의 결핵 요양소 키얼링에서 마흔한 살의 젊은 나이로 사망하였다.